ADOLPHE CARCASSONNE

NOUVELLES

PIÈCES A DIRE

DEUXIÈME ÉDITION.

PARIS
PAUL OLLENDORFF ÉDITEUR
28 *bis*, RUE DE RICHELIEU, 28 *bis*.

1884

100

NOUVELLES PIÈCES A DIRE

(C.)

DU MÊME AUTEUR

THÉATRE

THÉATRE D'ADOLESCENTS, pièces en vers et en prose.

THÉATRE D'ENFANTS, petites comédies en vers.

PIÈCES A DIRE, 2e édition.

SCÈNES A DEUX.

LA FILLE DU FRANC-JUGE, drame en quatre actes, en vers.

LA FÊTE DE MOLIÈRE, comédie en un acte, en vers.

LE JUGEMENT DE DIEU, drame lyrique en quatre actes.

LE MENUET, comédie en un acte, en vers.

LE PACTE, légende en un acte, en vers.

POÉSIES

PREMIÈRES LUEURS.

LES GOUTTES D'EAU.

LES BULLES D'AIR.

ADOLPHE CARCASSONNE

NOUVELLES

PIÈCES A DIRE

DEUXIÈME ÉDITION.

PARIS

PAUL OLLENDORFF ÉDITEUR

28 bis, RUE DE RICHELIEU, 28 bis.

1884

LE CHANT SACRÉ

DIT PAR DUPONT-VERNON, DE LA COMÉDIE-FRANÇAISE

C'est une belle nuit d'avril quatre-vingt-douze.

A Strasbourg, au moment où l'Europe jalouse
Formait insolemment un criminel faisceau
Pour étouffer nos droits encore à leur berceau,
Dans une chambre simple, aux clartés d'une lampe,
Un homme, le front pâle et la fièvre à la tempe,
Laisse parler tout haut la voix qui gronde en lui :
— Leurs sinistres complots sont connus aujourd'hui ;
Devant la liberté debout à la frontière

Les rois coalisés jettent l'Europe entière ;
Ils amassent l'orage au fond de l'horizon ,
C'est bien, nous sommes prêts ; mais Diétrich a raison.
Il faut un chant, un hymne aux strophes enflammées,
Un chant qui fasse naître et surgir des armées,
Un hymne dont le vol à travers l'air qui bout
Fasse rugir un peuple et le mette debout.
Mais où trouver ce cri de colère excitée,
Ce souffle effervescent, cette trombe notée ?
Quelle lyre de bronze ou quels rythmes puissants
Vont dans les vents du ciel jeter de tels accents ?
Eh bien ! je tenterai cette œuvre de génie !
Je trouverai ce chant de feu !.. La tyrannie
Voudrait nous imposer le plus dur des affronts,
Son étendard sanglant est levé sur nos fronts,
Ses féroces soldats voudraient dans nos campagnes
Égorger sans pitié nos fils et nos compagnes.
Aux armes ! Vers le ciel jetons ce cri puissant.
Marchons ! que nos sillons s'abreuvent de leur sang !
Quoi ! ces rois détestés, cette horde sauvage,
Nous ramèneraient-ils à l'antique esclavage ?
Ces mercenaires vils, contre nous conjurés,

Viendraient-ils s'imposer dans nos foyers sacrés ?

Quoi ! nos fronts se ploieraient sous ces mains enchaînées ?

Des despotes viendraient régir nos destinées ?

Non, non ! tout est soldat pour vous combattre, et si

Nos héros, dans la lutte ardente et sans merci,

Tombaient, soudain, du sol entr'ouvert sur leur trace,

De nouveaux combattants surgiraient à leur place,

Et seraient prêts, comme eux, à donner tout leur sang

Pour repousser dans l'ombre un joug avilissant.

Aux armes ! Excités par notre ardeur guerrière,

Les jeunes entreront aussi dans la carrière,

Et si nous succombons, ils auront tous l'orgueil

De nous venger, ou bien de nous suivre au cercueil.

Inspire-nous, amour sacré de la patrie !

O liberté féconde ! ô liberté chérie !

Devant ceux qui demain seraient nos oppresseurs,

Viens du ciel et combats avec tes défenseurs,

Viens, et que nos drapeaux, conduits par la victoire,

Emportent dans leurs plis les rayons de ta gloire ! —

Et le cœur frissonnant, et le front inspiré

Il donne à son génie un vol démesuré ;
Les électriques vers, les strophes palpitantes,
Entr'ouvrent en plein ciel leurs ailes éclatantes,
L'hymne de feu surgit dans toute sa splendeur ;
Mais, pour en compléter l'idéale grandeur,
Il faut un chant, il faut, sous les stances vibrantes,
Un motif tout rempli de notes fulgurantes
Qui, jointes au grand cri de la France en danger,
Ainsi qu'un ouragan courent sur l'étranger.
Alors, toujours poussé par le même délire,
Il prend son violon dont il fait une lyre,
Et le motif superbe, énergique, entraînant,
S'élève dans l'éclat d'un rythme rayonnant.

Sois mille fois bénie, ô nuit ! ô nuit sacrée !
C'est toi qui vis surgir, dans ton ombre inspirée,
L'impromptu colossal, le chef-d'œuvre porté
Par la main de l'histoire à la postérité,
C'est toi qui vis surgir pour la gloire française
Le grand Rouget de L'Isle avec la MARSEILLAISE !

LES DEUX ÉCRINS

DITS PAR Mlle DURAND, DE LA COMÉDIE-FRANÇAISE

Un jour d'août j'avais vu dans une devanture
Une belle parure, un flot de diamants
Ciselés à merveille et de l'eau la plus pure ;
Le riche écrin jetait des étincellements.

Je l'avais admiré longtemps, comme on admire
Ces choses que l'art fait idéales à voir,
Ces choses qu'à travers Golconde ou Cachemire
Un songe vaporeux met en notre pouvoir.

Le lendemain, j'étais à la campagne, à l'heure
Où le ciel éveillé rit aux chants des oiseaux,
Où l'air fait s'entr'ouvrir les roses qu'il effleure,
Et, comme un long soupir, passe dans les roseaux.

Mon pas lent et rêveur suivit la grande allée,
Puis, je pris un sentier dont le bord diapré
S'éclairait doucement d'une clarté voilée ;
Puis, au bout du sentier je découvris le pré.

Je garderai toujours l'émotion sereine
Que me fit éprouver ce beau tableau d'été :
Toutes les fleurs prenaient des sourires de reine,
Chaque brin d'herbe avait un air de majesté.

Quel riche écrin aussi que ce pré ! Les pervenches
Constellaient de saphirs leurs pétales d'iris,
Des opales pendaient aux marguerites blanches,
Et les coquelicots foisonnaient de rubis.

Des perles s'attachaient au front des pâquerettes,
Tout ruisselait ; c'était des éblouissements
De corsets lumineux, de fines collerettes,
Sur qui le ciel versait un flot de diamants.

Et devant ces trésors, devant cette merveille,
Pris d'un émoi qu'en vain je voulais contenir,
Je pensais un moment à l'écrin de la veille,
Et son éclat parut terne à mon souvenir.

Je trouvai ses reflets pâles et secondaires ;
Et, l'œil tout ébloui d'un prisme sans pareil,
Je saluai ces deux sublimes lapidaires
Dont l'un est la rosée et l'autre le soleil.

LA CARTE DE VISITE

DITE PAR Mlle J. THÉNARD, DE LA COMÉDIE-FRANÇAISE

Une nouvelle mariée
Chez sa cousine vint un jour,
Pensive, bien qu'ensoleillée
Par son premier rêve d'amour.

Elle avait la taille élancée,
Trop peut-être, et d'un tel dessin
Qu'on ne pouvait dans la pensée
Concevoir le moindre larcin.

1.

— Je vais, dit-elle, te paraître
Naïve, et tu vas me traiter
Comme on traite un enfant peut-être ;
Mais il me faut te consulter. —

— Parle : tu sais combien je t'aime ;
Voyons le cas qui m'est soumis. —
— Sais-tu ce que ce matin même
Monsieur mon mari s'est permis ? —

La cousine eut un bon sourire,
Mais elle ne répondit rien,
Tandis qu'un geste semblait dire :
— C'est un droit, nous le savons bien.

— Dans mon cabinet de toilette,
Quand un doux rêve me berçait,
Dit la jeune femme inquiète,
Il a soudain dans mon corset

Glissé sa carte de visite
Qu'il avait repliée au coin,
Puis, il est reparti bien vite
En riant, je crois, mais de loin.

N'est-ce rien qu'un enfantillage ?
Est-ce un pressentiment que j'ai ?
Après trois jours de mariage
Veut-il déjà prendre congé ?

Tu comprends mon inquiétude,
Explique-moi donc... Quoi ! tu ris ? —
— Oui, je ris ; tu manques d'étude,
Ma chère, à propos de maris.

N'aie aucune angoisse poignante.
Pour que tes jours soient lumineux,
Mange de la viande saignante,
Fais usage des farineux,

Dors beaucoup, fais peu d'exercices,
Et ne t'inquiète de rien.
Il faut, vois-tu, que tu grossisses,
Car, ma chère, sache-le bien,

Quelle que soit l'heure qui sonne,
Au salon ou dans un corset,
Quand on laisse sa carte, c'est
Dire qu'on n'a trouvé personne. —

NADJI

Sous le ciel lumineux du Bengale, un beau soir,
La princesse Nadji rêveuse vient s'asseoir
Dans son jardin en fleurs. C'est une des soirées
Comme il en resplendit sous les zônes dorées ;
Les étoiles au ciel ont de telles clartés
Qu'on dirait des saphirs dans l'azur incrustés,
Le silence est rempli des plus suaves choses,
Tandis que les senteurs des lotus et des roses,
Comme un flot de parfums dans un souffle amolli,
Flottent près d'elle avec le chant du bengali.
Bahadour, le poète inspiré, dont les stances
Ouvrent leurs ailes d'or à travers les distances,
Bahadour, dont le nom comme un grand bruit s'étend,
Se tient avec respect devant elle ; il attend

Que la belle Nadji fasse un signe pour dire
Les vers mélodieux qui tombent de sa lyre.
Nadji rêve. A quoi donc rêve-t-elle ? L'amour
Dans son cœur de vingt ans n'a pas jeté son jour ;
Par sa grâce idéale et sa beauté sereine
Elle exerce sur tous un prestige de reine,
Mais les plus fiers radjas l'ont recherchée en vain ;
Rien encor n'a vibré sur le clavier divin.
Pourtant son cœur est plein d'aspirations vagues,
Comme le doux frisson qui passe sur les vagues
Murmure dans l'air tiède et nous porte à rêver,
A l'heure où le soleil va bientôt se lever.
Tout-à-coup, à travers un radieux sourire :
—Poète, fais vibrer les cordes de ta lyre !
Que ce beau ciel t'inspire un poème attachant !
Et Bahadour s'incline et module ce chant :

— Jadis, dans le Lahore, au pays des merveilles,
Existait une riche et splendide cité
Où ce que le génie entrevoit dans ses veilles
      A pleines mains était jeté.

Les palais somptueux, les pagodes de marbres
Découpaient leurs profils superbes dans les cieux,
Les jardins étaient pleins de roses, les grands arbres
    Portaient des fruits délicieux.

C'était le paradis transporté sur la terre,
Le beau rêve accompli, l'idéal transformé,
Et pourtant on ne sait pourquoi, par quel mystère,
    Ce paradis restait fermé.

Aucun n'était admis dans l'enceinte sacrée,
La ligne des créneaux s'élevait haut dans l'air,
Et la porte, debout sur ses gonds, à l'entrée,
    Était un vaste bloc de fer.

Un jour, sur les remparts on donnait une fête,
Et le peuple en avait pris déjà le chemin,
Lorsqu'aux pieds des grands murs apparut un poète
    Avec un luth d'or dans la main.

Sa voix sonore avait tant de puissance en elle,
Tant d'émotion vraie y venait palpiter,
Que la foule oublia la fête solennelle,
     Et se pencha pour l'écouter.

Alors, en vers vibrants, en magnifiques stances,
Il fit valoir combien triste est l'isolement,
Il dit qu'il faut toujours rapprocher les distances,
     Que l'univers est un aimant.

A quoi donc leur servaient toutes les belles choses
Dont les avait comblés un destin généreux ?
Le ciel est-il plus bleu, les horizons plus roses,
     En ne les gardant que pour eux ?

Et la foule écoutait l'harmonieuse lyre,
Si bien qu'un vol d'abeille aurait brui dans l'air,
Et lui, dans un élan qui tenait du délire :
     — Ouvrez cette porte de fer !

Laissez-nous saluer vos merveilles sans nombre,
Laissez-nous assister à votre beau réveil,
Ouvrez donc ! Ouvrez donc ! Pourquoi se faire une ombre
  Quand on peut être le soleil ? —

Et la masse de peuple, au plus haut point saisie,
Fit retentir le ciel de vivats éclatants,
Et comme un juste hommage à tant de poésie
  Ouvrit la porte à deux battants. —

En écoutant la voix qui vibre et qui remue,
La princesse paraît visiblement émue ;
Ses yeux noirs et profonds, pleins de bonheurs rêvés,
Plus d'une fois au ciel se sont déjà levés :
— O Nadji ! dit alors Bahadour, ce poème
Est une allégorie, un transparent emblème ;
La ville merveilleuse et si riche en trésors,
Qui résiste sans cesse aux plus pressants efforts,
C'est ton cœur, ô Nadji ! c'est ton cœur plein d'étoiles,
Ton cœur qui toujours reste enveloppé de voiles,

Quand il pourrait verser la lumière et le jour —
Mais Nadji l'interrompt : — J'ai compris ton amour
Dans cette allégorie et je la rends complète :
Bahadour, prends ma main : c'est un roi qu'un poète,
Et ta lyre, où les voix du ciel chantent en chœur,
A fait s'ouvrir pour toi la porte de mon cœur. —

LA GOUTTE DE ROSÉE

— O mon beau rayon de soleil !
Dit une goutte de rosée,
Sur la touffe d'herbe irisée
J'attends l'heure de ton réveil.

Qui donc retarde ta venue?
Apparais-moi dans le ciel clair,
Dissipe les brumes de l'air,
Et perce l'ombre de la nue.

Descends, ô rayon enchanté !
Lorsque je te vois apparaître,
Un frisson d'amour me pénètre
Et m'enveloppe de clarté.

Car grandes et petites choses
Ont un lien mystérieux :
Les grands astres, au fond des cieux,
Rêvent en regardant les roses.

Et par un mystère pareil
La goutte à l'herbe suspendue
Aime l'éclat de l'étendue.
Je t'aime, ô rayon de soleil !

Hâte donc l'instant plein de charme
Où tu souris au firmament,
Par toi je suis un diamant,
Sans toi, je ne suis qu'une larme.

DE UN A DIX

DIT PAR COQUELIN AÎNÉ, DE LA COMÉDIE-FRANÇAISE

— J'ai la jeunesse et j'ai la force ;
Dans le bronze je suis pétri ;
La sève passe sous l'écorce.
Acceptez-moi donc pour mari.
Dans ce siècle presque invalide
Être un mari toujours solide
Est un fait qui n'est pas commun.
Voyez mes bras, voyez ma taille.
— Mais vous n'avez ni sou, ni maille :
Donc, grand merci, Monsieur... Et d'un !

— Je suis enseigne de marine,
Je sens mon cœur, tout plein d'amour,
Battre pour vous dans ma poitrine ;
Je dois être amiral un jour.
Pour conquérir mes épaulettes
J'affronterai vents et tempêtes,
Ciel noir et combats hasardeux.
— Un marin, chacun le proclame,
N'est pas assez avec sa femme :
Grand merci, Monsieur... Et de deux !

— Je suis poète, j'ai des ailes
Pour prendre un idéal chemin,
Mon front rayonne d'étincelles,
Je plane sur le genre humain.
Je réside dans l'harmonie ;
Devant l'élan de mon génie
Les cieux mêmes semblent étroits ;
J'aime l'azur, j'aime les roses...
— Vous aimez beaucoup trop de choses :
Grand merci, Monsieur... Et de trois !

— Je suis un inventeur : j'invente
Système ou procédé nouveau ;
Chaque fibre de mon cerveau
Sans cesse invente, et je m'en vante.
J'invente en regardant en l'air,
J'invente sur terre et sur mer.
Pour vous, femme que j'idolâtre,
J'inventerai des passions !
— Ah ! mon Dieu ! que d'inventions !
Grand merci, Monsieur... Et de quatre !

— Je suis un célèbre docteur,
Un peu vieux, c'est vrai, mais qu'importe
Pour fortune je vous apporte
Un livre dont je suis l'auteur.
La Purge ! En vain plus d'un s'insurge
Contre les effets de la purge :
On trouve mon traité succinct
Dans toutes les bibliothèques.
— Allez purger vos hypothèques :
Grand merci, Monsieur... Et de cinq !

— Je suis astronome ; je passe
Dans l'immense clarté des cieux,
Les ruissellements de l'espace
N'ont rien de caché pour mes yeux.
Mais dans l'azur qui se dévoile
Je vous vois, ô ma chère étoile !
Vous rayonnez, ô mon beau lis !
Voilà mes deux mains. — C'est trop d'une,
Vous vous promenez dans la lune :
Grand merci, Monsieur... Et de six !

Prenez-moi : je suis numismate :
J'ai des objets de bronze et d'or,
Et des médailles dont on flatte
La rareté comme un trésor.
Par leur antiquité notoire
Je remonte toute l'histoire
Jusqu'au temps des enfants de Seth ;
Prenez-moi. — Dans ces antiquailles
Combien de revers de médailles !
Grand merci, Monsieur... Et de sept !

— Je suis ténor et l'on me cite ;
J'ai de telles inflexions
Que leur charme idéal excite
Toutes les admirations.
Dans le filé d'or d'une gamme
Je prends le cœur, j'attache l'âme ;
Ma voix, dont le timbre séduit,
S'élève à des hauteurs rêvées.
— Je crains les notes élevées :
Grand merci, Monsieur... Et de huit !

— Je suis avocat, et je plaide
Toujours avec un grand succès :
Jeune, vieux, blond, brun, belle ou laide,
Avec moi gagnent leur procès.
Aussi, j'apporte ma requête :
Je veux tenter votre conquête.
Je vous adore et je suis veuf.
Dites : oui ! -- Quelle étrange chose !
Vous avez perdu votre cause :
Grand merci, Monsieur... Et de neuf!

— Vous êtes ma seule pensée,
Le nom que j'invoque à genoux,
L'étoile dans mon ciel fixée,
Pourtant je tremble auprès de vous.
Comment dire que je vous aime?... —
— Je vais résoudre ce problème :
Vous m'aimez beaucoup, je le vois.
Prenez ma main, je vous la donne...
A dix, le proverbe l'ordonne,
Il me faudrait faire une croix.

COCORICO!

On a jeté Surcouf, l'intrépide corsaire,
Sur un ponton anglais dont la cale resserre
Les prisonniers massés dans ces bouges mouvants
Qui les parquent ainsi que des colis vivants.
Tous sont mortellement tristes ; aucun n'oublie
Que cette langueur sombre amène la folie,
Et qu'on laisse aux parois de l'humide prison
Le plus souvent sa vie, et toujours sa raison.
Les Anglais connaissaient l'influence exercée
Par ces pontons abjects sur l'âme et la pensée :
Ils savaient quels tourments s'y donnaient rendez-vous.
Et quand les prisonniers étaient devenus fous,
Quand on avait jugé le mal sans espérance,
On les jetait, la nuit, sur les côtes de France,

Où la foule, bientôt, devant les flots grondants
Criait vengeance avec des grincements de dents.

Un jour, d'un vague éclair allumant ses prunelles,
Surcouf paraît soudain devant les sentinelles,
Sautant sur une jambe et jetant à l'écho,
Comme l'eût fait un coq, ce cri : COCORICO !
C'est la folie avec tout ce qu'elle a d'étrange :
Il se tient comme un coq, la tête au vent ; il mange
En frappant de son nez la gamelle ; il attend
L'aurore pour lancer son appel éclatant ;
Et dès lors, tout le long du jour, par intervalles,
Le cri passe en vibrant dans l'éclat des rafales.
C'est sinistre ; et pourtant l'on craint d'être trompé.
Le corsaire déjà deux fois s'est échappé :
Peut-être tout cela n'est qu'une feinte habile.
Un jour, le commandant, pris d'un accès de bile,
Veut tenter une épreuve et, lâche au dernier point,
Il vient devant Surcouf et le frappe du poing.
Ah ! la folie est là, bien sûr, ouvrant sa serre :
— COCORICO ! répond en sautant le corsaire.

— Il est fou, c'est fini, se dit le commandant.
Un fait pareil était, certes, sans précédent,
Et, convaincu dès lors, sur son ordre on enchaîne
Le malheureux qu'on met dans un carré de chêne,
Auprès d'un autre fou devenu furieux ;
Celui-ci rugissant, l'égarement aux yeux,
Bondit sur le corsaire et couvre de morsures
Son bras ; le sang jaillit des multiples blessures.
L'impassible gardien lui-même est palpitant :
— COCORICO ! répond le corsaire en sautant.
Aussi, quand la nuit vient, une barque pontée
Par un vent de nord-est vers la France est portée ;
Les deux fous sont liés au mât, et le matin
Ils sont abandonnés sur la côte.

                                        O destin !

O magnifique exemple aux temps même où nous sommes !
Si les Anglais avaient regardé ces deux hommes,
Le corsaire Surcouf avec son lieutenant,
Ils auraient pu les voir, le regard rayonnant,
Superbes d'attitude, ivres de délivrance.

                                                    2.

S'embrasser en criant tous deux : Vive la France !

Dans le sud de Plymouth, six semaines après,
Une frégate passe et gouverne au plus près ;
Au large, un brick de guerre, à la rapide allure,
Fait porter dans le vent son énorme voilure ;
Pourtant la brise souffle à soulever la mer.
Mais le calme pourrait se remettre dans l'air,
Et le brick veut doubler sa vitesse, ayant hâte
De venir dans les eaux où vogue la frégate.
A bord de celle-ci les Anglais fièrement
Sont prêts ; le brick s'avance avec acharnement.
C'est un Français. Bientôt la distance s'efface,
Et les deux ennemis se trouvent face à face.
Tout-à-coup, sur la vague et dans un bruit d'enfer,
La frégate vomit une trombe de fer.
Chaque sabord, couvert d'une rouge fumée,
S'ouvre et rugit ainsi qu'une gueule enflammée ;
Les éclats de mitraille et les boulets sifflants
Du brick audacieux vont labourer les flancs.
Mais, rasant presque l'eau sous sa voilure blanche,

Le brick passe à travers la grondante avalanche,

Et, malgré l'ennemi qui le voit manœuvrer,

Dans la frégate il vient hardiment s'engouffrer ;

Les vergues, dans le choc soudain enchevêtrées,

Font craquer bruyamment les voiles éventrées,

Les mâts sont ébranlés et croulent sur le pont.

Alors au bruit sinistre un autre cri répond :

— A l'abordage ! C'est la voix de tous connue,

C'est la voix de Surcouf qui monte dans la nue.

Il est là, le corsaire. Une hache à la main,

Sur le pont de l'Anglais il se fraie un chemin.

Ses rudes compagnons, sans merci ni relâche,

Jettent partout la mort : on s'égorge, on se hache ;

En vain, dans un effort tenté de rang en rang,

Les Anglais veulent-ils arrêter le torrent ;

Ils sont tous emportés, le torrent les entraîne.

Tout-à-coup, au milieu de la fumante arène,

Surcouf voit à ses yeux surgir le commandant.

Se peut-il ? C'est celui qui l'a frappé pendant

Que sur le noir ponton il jouait la folie.

C'est une lâcheté que jamais on n'oublie.

Il va donc se venger. Mais, juste à ce moment,

Dans un flot de rayons venus du firmament,
On arbore au grand mât les couleurs de la France,
Et Surcouf, beau d'orgueil et de fière assurance,
Aux accents de triomphe ajoutant un écho,
Court vers le commandant et dit : cocorico !

LE JUGEMENT DE SALOMÉ

DIT PAR DUPONT VERNON, DE LA COMÉDIE-FRANÇAISE

Dans une île d'Océanie
Où l'aile d'un souffle embaumé
Berce les flots pleins d'harmonie,
Règne la fière Salomé.

C'est une belle mulâtresse
Au regard noir et velouté,
Au long sourire qui caresse,
Aux contours pleins de fermeté.

Elle est grande, elle est magnifique
Dans son ensemble sculptural ;
Pourtant déjà forte au physique,
Elle l'est bien plus au moral.

Sa volonté toujours s'impose,
Elle est tout le gouvernement,
C'est sur elle que tout repose
De la base au couronnement.

C'est elle qui rend la justice.
Point de juges, point d'avocats
Dont la faconde retentisse,
Comme c'est trop souvent le cas.

Elle écoute, juge et prononce ;
Après la condamnation,
Cela ne pèse pas une once,
On passe à l'exécution.

On le sait par expérience,
Le plus court chemin, c'est le droit.
Or, voici qu'un jour d'audience
Deux jeunes filles de l'endroit,

Belles, mais l'œil chargé de haine,
Malgré leur air triste et chagrin,
Vinrent devant la souveraine
Se plaindre d'un jeune marin,

Qui, galant pour chacune d'elles,
Avait tour à tour répété
Les mêmes aveux infidèles...
Elles l'avaient trop écouté,

Et, dans les forêts pleines d'ombre,
Sous les grands arbres inclinés,
Elles ne savaient plus le nombre
Des baisers reçus et donnés.

Aussi dans leur double colère,
Réclamaient-elles instamment
Réparation exemplaire,
Ou vengeance, et sur le moment.

Salomé, juste autant que belle,
Pria d'un mot le commandant
D'envoyer bien vite auprès d'elle
Le jeune marin trop ardent.

Celui-ci vint, la tête haute.
C'était un de ces beaux garçons
Pour qui l'on commet une faute
Sans faire beaucoup de façons.

En présence de ses victimes
Il ne chercha pas à nier :
— Leurs plaintes sont donc légitimes,
Dit la reine. Il faut châtier

Vos méfaits ; mais, puisqu'on vous aime,
Je mets le pardon auprès d'eux,
Et vous allez aujourd'hui même
Les épouser toutes les deux.

— Toutes les deux ! Songez, Madame,
A l'arrêt que vous prononcez !
En France on ne prend qu'une femme,
Et l'on trouve que c'est assez. —

— S'il en est ainsi, dit la reine,
Qu'elles s'entendent ! — Mais sa voix,
D'une fermeté souveraine,
Tremble pour la première fois.

Alors s'élève une querelle ;
Les jeunes filles à tout prix
Réclament, chacune pour elle,
Le plus recherché des maris.

La note devient agressive,
La colère s'excite et bout ;
Mais la reine est toujours pensive.
Que se passe-t-il ? Tout-à-coup

D'un geste elle impose silence
Aux deux rivales : — Je vois bien,
Dit-elle, à votre violence
Que vous ne céderez en rien.

Aucune de vous n'est capable
De grandeur ou de dévouement.
Soit, je vous livre le coupable ;
Mais vous allez savoir comment.

A trois coups frappés en mesure
Apparaît un nègre hideux ;
Et la reine, d'une voix sûre :
— Tu vas couper cet homme en deux.

De cette façon-là chacune
En pourra prendre la moitié.
— J'aime encor mieux cela, dit l'une.
— Très bien, dit l'autre, sans pitié.

— Permettez, madame l'Altesse !
Juger ainsi n'est pas juger ;
On a partagé ma tendresse,
Et c'est moi qu'on veut partager.

De plus près regardez la chose :
Après ma séparation
Si la France, prenant ma cause,
Obtenait réparation,

Comment voulez-vous qu'on répare
Ce désastre ? Il faut y songer.
Retirez donc l'ordre barbare
Qui doit si fort m'endommager.

Car, hélas ! il est authentique,
Il tombe sous le sens commun,
Qu'en dépit de l'arithmétique
Deux moitiés ne feraient plus un. —

Pendant qu'il parle ainsi, la reine
Attache sur lui ses grands yeux ;
Cette commotion soudaine,
Ce sentiment mystérieux,

Son cœur, qui déjà bat plus vite,
Bien haut lui disent tour à tour :
— Voici l'heure que nul n'évite,
L'heure charmante de l'amour.

Et, fixant le jeune homme en face,
Elle lui dit : — Ecoute-moi :
Un seul jour je puis faire grâce,
Le jour où je choisis mon roi.

Je te choisis. — Et son sourire
S'emplit d'un tel rayonnement
Que l'heureux élu croit voir luire
Tous les astres du firmament.

— J'accepte, dit-il, ô ma reine !
Tu me tenais à ta merci,
Et par ta grâce souveraine
C'est le ciel que je trouve ici.

Et tandis que sous les bois sombres
Les deux rivales, l'œil baissé,
Vont chercher dans les grandes ombres
Un écho du bonheur passe,

Lui, sous la discrète ramée,
Dans son rêve d'amour plongé,
Dit : — J'avoue, ô ma bien-aimée !
Que je suis très bien partagé.

LE TERTRE

LÉGENDE LORRAINE

DITE PAR GEORGES RUEF

En Lorraine, jadis, il était un usage
D'une origine antique et d'un heureux présage :
Sur un tertre fleuri, dans un beau site, auprès
D'un tout petit ruisseau dont le murmure frais
Monte dans l'air joyeux ainsi qu'une caresse,
Les amoureux venaient échanger leur tendresse ;
Et la foi mutuelle était sincère au point
Que les projets formés ne se défaisaient point,
Et qu'on voyait souvent plus d'un jeune ménage
Au tertre consacré faire un pélerinage.

Deux frères, Jean et Paul, ont épousé deux sœurs ;
Pour eux le mariage est rempli de douceurs,
Car, fidèles toujours à la promesse faite
Sur le tertre fleuri, par un beau jour de fête,
Les deux couples ont fait un nid de leur maison.
Point de peine autour d'eux, point d'ombre à l'horizon.
C'est l'espoir renaissant, c'est la joie éveillée,
Et sous un ciel tout bleu la vie ensoleillée.

    —

Hélas ! il est bien loin, le bonheur de jadis !
Sur l'horizon français montait soixante-dix.
On voyait se lever les jours gros de tempêtes,
Le ciel accumulait la foudre sur nos têtes,
Et de notre passé glorieusement beau
Chaque coup de tonnerre emportait un lambeau.
Jean et Paul avaient pris les armes ; les deux femmes
Pâles d'angoisse avaient pourtant raidi leurs âmes,
Et, d'un geste héroïque indiquant l'étranger :
— Partez, partez tous deux, la France est en danger ! —
Mais le plus grand courage est vaincu par le nombre,
Le flot envahisseur s'allongeait comme une ombre,

Les efforts se brisaient, et le brutal vainqueur
Arrachait à la France une part de son cœur.

Les deux frères étaient revenus, tous deux mornes,
Et tous deux le cœur plein d'un désespoir sans bornes ;
Ils ne pouvaient penser, sans un cri de douleur,
Que ce pays si cher ne serait plus le leur,
Et que des étrangers en deviendraient les maîtres.

Un jour de mars on vit venir des géomètres ;
Quelques-uns paraissaient tristes et soucieux,
Et semblaient retenir des larmes dans leurs yeux ;
Ceux-là, tout l'indiquait, hélas ! dans leur tenue,
Etaient français. Près d'eux, et fiers de leur venue,
D'autres, bien que guindés dans tous leurs mouvements,
Avaient l'orgueil au front ; ils étaient allemands.
On venait établir la nouvelle frontière.
La raison du plus fort s'imposait tout entière.
Pour limite on choisit le ruisseau... Dans deux jours
Les étrangers viendraient en relever le cours.

                                                            3.

La nouvelle passa sur tous comme la foudre.
La paix était signée, il fallait se résoudre
Au cruel changement. De tous les points du sol
Il s'élevait des cris étouffés. Jean et Paul
Contenaient mal l'éclat de leur colère vaine,
Puis, une autre douleur s'ajoutait à leur peine.
Le tertre à tous si cher, le tertre, ce berceau
De tant d'amours, était au delà du ruisseau.
Ce témoin vénéré qui, sous les feuilles vertes,
Protégeait les aveux de tant d'âmes ouvertes,
Etait perdu... Mais, non ! cela ne se peut pas !
Jean s'approcha de Paul et lui parla tout bas.

— C'est bien, répondit Paul.

                                Et quand l'ombre venue
Eut allongé son voile opaque dans la nue,
Profitant d'une nuit obscure et sans lueur,
Paul et Jean, pioche en main et le front en sueur,
Creusaient le sol avec une ardeur sans pareille ;

De temps en temps tous deux au loin prêtaient l'oreille,
Puis, ils creusaient encore, et, quand la nuit pâlit,
Au ruisseau limitrophe ils avaient fait un lit
Qui contournait le tertre, et l'ornière laissée
S'effaçait en entier sous la terre entassée.
Cette fois la justice eut raison au procès :
Le tertre des amours est demeuré françals.

DÉCOREZ LES COMÉDIENS

La croix d'honneur doit être un droit pour le mérite ;
Cependant nous voyons bien souvent sur nos pas
Des hommes dont la gloire en tous lieux est inscrite
Et dignes hautement de la croix qu'ils n'ont pas.

Ces hommes, quels sont-ils ? D'où vient leur renommée ?
Quel titre leur vaudrait cette distinction ?
Qu'ont-ils produit ? Voit-on leur œuvre proclamée
Dans un concert d'éloge et d'admiration ?

Sont-ils musiciens, peintres, sculpteurs, poètes ?
Leurs fronts sont-ils de ceux qu'un génie étoila ?
Saluera-t-on plus tard leurs grandes silhouettes ?
Font-ils donc des chefs-d'œuvre ?.. Ils ne font pas cela.

Mais de l'art dramatique ils sont les vrais apôtres,
Des gloires de la scène ils se font les gardiens,
Ils mettent tant de cœur dans les œuvres des autres
Qu'ils en deviennent grands... Ils sont comédiens.

— Comédiens ! Eh quoi ! Vous voulez qu'on décore
Ces gens laissés toujours dans un oubli complet ?
En vérité, cela ne sera pas encore.
— Ne pas les décorer ? Et pourquoi, s'il vous plaît ?

D'où vient l'exception qui pèse sur leur tête ?
Parmi les décorés il en est, je le crois,
Plus d'un, beaucoup plus d'un, qui méritent qu'on mette
Non pas la croix sur eux, mais bien eux sur la croix.

Ces gros financiers chez qui l'or prend sa source,
Ces faucheurs de trésors chamarrés aujourd'hui,
Qu'ont-ils fait ? Ils ont pris leurs écus à la Bourse,
Ou, pour être plus vrai, dans la bourse d'autrui.

L'or plus que le talent fait sortir de l'ornière ;
C'est le régulateur, c'est le méridien ;
Et, grâce à lui, le sot porte à sa boutonnière
Le ruban tenu haut pour le comédien.

On ne mesure pas assez la tâche austère
Que l'artiste remplit. Il est ombre ou flambeau ;
C'est l'exemple sinistre ou le grand caractère,
C'est l'incarnation du laid comme du beau.

Il faut qu'il soit joyeux, il faut que son cœur saigne,
Il faut qu'il fasse rire ou qu'il fasse pleurer ;
La scène est une école ouverte où l'on enseigne
La thèse que l'auteur s'attache à démontrer.

Mais qu'il faut de talent, de lutte soutenue,
l'étude soucieuse et d'observation,
Comme il faut pouvoir lire au fond de l'âme nue
Pour être à la hauteur de cette mission !

L'orateur déroulant les pages de l'histoire,
Le savant professeur, le tribun véhément,
Ont moins d'éclat devant leur brillant auditoire
Que les comédiens dans cet enseignement.

Et vous leur marchandez la croix ! Les feux du lustre
Donnent aussi des droits à la célébrité.
Qu'importe l'homme, alors que son nom est illustre ?
Donnez donc le ruban à qui l'a mérité.

Ah ! si pour un seul jour Corneille avec Molière
Sortaient tout rayonnants de leurs tombeaux, je crois
Qu'en saluant ces deux grands foyers de lumière
Vous vous empresseriez de leur donner la croix.

Mais eux, loin d'épouser votre fausse doctrine,
Voyant ceux dont on sait l'artistique valeur
N'être que deux avec la croix sur la poitrine,
Vous diraient : C'est injuste ! et donneraient la leur.

LA FOI

Parmi tous les parfums qui s'exhalent des roses
Et des fleurs entr'ouvrant leur timide encensoir,
Parmi les voix de l'air, parmi les douces choses
    Que nous porte le soir,

Parmi tant de senteurs que notre âme devine
Et qui la font planer loin du monde réel,
La plus douce est la Foi, la Foi, senteur divine
    Dont la fleur est au ciel.

LA BRANCHE DE HOUX

A MADAME DUPONT-VERNON

— Je vais ici, monsieur le juge,
Dire toute la vérité
Sans ambage ni subterfuge
Sur le fait devant vous porté.
Bien que la chose soit palpable,
Et le délit des plus constants,
Je ne suis pas un grand coupable ;
Le seul, le vrai, c'est le printemps.

Ma défense peut vous paraitre
Etrange, mais écoutez-moi,
Et vous me jugerez peut-être
Moins sévèrement que la loi.
Dimanche, au lever de l'aurore,
En sage que je ne suis pas,
Dans les bois endormis encore
Je suis allé porter mes pas.

Oh ! que de ravissantes choses
Tient le mois d'avril ! Dans son vol
L'alouette vers les cieux roses
Montait droit en quittant le sol.
Les grands arbres, pleins des murmures
Que l'air des nuits leur soupira,
Dans leurs ondoyantes ramures
Avaient mis tout un opéra.

Partout le réveil et la joie !
Partout le sourire et le jour !

Partout la verve que déploie
L'ardent langage de l'amour.
Les doux bruits, les aveux fidèles,
Couraient dans chaque vert buisson,
Avec de longs battements d'ailes
Et dans un charmant unisson.

Plus attentive à sa toilette
Devant la nouvelle saison,
Coquettement, la violette
Se révélait dans le gazon ;
La giroflée avec tendresse
Riait à l'air qui la berçait ;
Au papillon plein de caresse
La rose entr'ouvrait son corset.

Et c'était une effervescence,
Un adorable renouveau
Dont l'irrésistible puissance
Prenait le cœur et le cerveau.

Mais j'étais seul dans cette fête.
Une églantine sur mes pas
Semblait dire : — Dieu ! qu'il est bête !
Il est seul : il n'aime donc pas ? —

Soudain, je vis, dans l'avenue
Qui descend au creux du vallon,
Mademoiselle, retenue
Comme un jour le fut Absalon ;
De sa chevelure dorée
Un des flots s'était accroché
A l'épine trop acérée
D'un vieux houx vers le sol penché.

Bien vite je courus vers elle,
Et je dégageai promptement
La tête de Mademoiselle.
Que voulez-vous ? En ce moment
Mésanges, pinsons et fauvettes
Gazouillaient à bec que veux-tu,

Et sous les ramures discrètes
Oubliaient le prix de vertu.

Puis, l'échancrure de la robe
M'ouvrait un si bel horizon,
Que je faisais le tour du globe
Avec mon cœur et ma raison;
Mes tempes bourdonnaient de fièvre,
Mes regards étaient fascinés,
Et c'est ainsi que sur ma lèvre
Sont venus les baisers donnés.

C'est un tort, c'est une folie,
Je le sais, mais que voulez-vous ?
Mademoiselle est si jolie
Que les sages en seraient fous.
Regardez-la, monsieur le juge,
Regardez ce trésor parfait,
Et répondez sans subterfuge :
— A ma place qu'auriez-vous fait ? —

— Malgré les moyens de défense
Que vous invoquez devant moi,
Dit le juge, une telle offense
Vous rend passible de la loi.
Que le printemps ouvre ses ailes,
C'est bien, mais est-ce une raison
Pour embrasser les demoiselles
Avec autant de sans-façon ?

Il résulte des torts sans nombre
D'une aussi coupable action ;
Il faut bien peu pour mettre l'ombre
Sur une réputation.
Aujourd'hui, la chose est connue,
Et bien haut je puis l'attester,
On vous a vu dans l'avenue
Donner vos baisers sans compter.

Mesurez-vous pareille faute ?.. —
Mais, d'un air soudain pénétré,

Le jeune homme, la tête haute,
Interrompt le juge : — C'est vrai,
Je suis coupable, mais j'espère
Avoir tout réparé demain.
Mademoiselle, à votre père
J'irai demander votre main. —

La jeune fille était charmée.
Elle avait déjà bien compris
Qu'elle serait toujours aimée
Par ce jeune homme tant épris ;
Aussi, dans un tendre sourire
Qui sur sa lèvre s'étoila,
Elle s'empressa de lui dire :
— Vous voulez ma main : la voilà. —

De leur bonheur c'était le gage.
Deux mois après, peut-être moins,
On célébra le mariage.
Le juge fut l'un des témoins,

Et dans la foule conviée
On put voir, souvenir bien doux !
Aux cheveux de la mariée
Tenir une branche de houx.

L'ORGUE

A MONSIEUR LÉON RICQUIER

Le jour laisse tomber ses dernières clartés.

Dans une église, assis sur un des bancs sculptés
Qui garnissent le chœur plein de silence et d'ombre,
Mozart livre son âme entière aux voix sans nombre
Qui passent dans le calme et le recueillement.
Bien qu'un enfant encor, il voit confusément
Un monde harmonieux surgir à côté d'elles,
Il sent se déployer des élans, des coups d'ailes,
Qui l'emportent soudain dans l'espace éthéré
Où l'inspiration tient son foyer sacré.
Tout à coup, dans la nuit où l'église est plongée,

L'orgue élève sa voix puissamment prolongée
Et si riche d'accords qu'on dirait, par moments,
Un orchestre idéal qui joue aux firmaments.
En écoutant vibrer l'austère symphonie,
Mozart sent des frissons le gagner ; son génie
S'éclaire ; il croit entendre aux célestes confins
Le chœur des harpes d'or, la voix des séraphins ;
Il saisit à travers ces chants incomparables
Des motifs ravissants, des thèmes adorables,
Et tout son cœur s'attache au grand concert chanté
Dans la splendeur du ciel et de l'éternité.
L'orgue se tait. Pourtant, sous la voûte sonore,
Avec ravissement Mozart écoute encore.
La scène a cependant changé complétement.
Ce ne sont plus les voix saintes du firmament :
C'est plus humain, cela revêt un caractère
Qui semble tenir plus aux choses de la terre.
Mozart en sent le charme et s'y laisse bercer.
Alors dans un fond vague il écoute passer
Avec le bruit charmant des brises attiédies,
Les rythmes vaporeux, les fraîches mélodies.
Ce sont les notes d'or qu'en se parlant d'amour

Suzanne et Figaro moduleront un jour ;

Ce sont les longs soupirs que Chérubin adresse

A tous les vents du ciel, témoins de sa tendresse ;

Puis, c'est Don Juan avec son charme audacieux,

Elvire dont l'amour a des pleurs dans les yeux,

C'est la voix onduleuse et tendrement câline

Qu'auprès de Mazetto viendra prendre Zerline,

Et, dominant le tout de leur sombre grandeur,

Les accents sépulcraux et brefs du Commandeur.

L'orgue au bout d'un instant se fait encore entendre ;

Mais au lieu de la note harmonieuse et tendre,

Au lieu du chant d'amour ou du thème divin,

Ce sont des bruits confus et des clameurs sans fin,

Ce sont des grincements avec des cris d'alarmes,

Et de rauques sanglots entrecoupés de larmes.

Comme pour compléter le spectacle émouvant,

Chaque tableau se change en un groupe vivant,

L'effroi fait tressaillir les toiles animées,

La Vierge, au désespoir, porte ses mains fermées

A son front incliné sur l'abîme entr'ouvert ;

C'est l'image sinistre et sombre de l'enfer ;

Mais le bruit s'atténue, et dans le gouffre immense

Il s'élève une voix qui parle de clémence ;
La voix sainte grandit, et son rythme éclatant
Monte et s'épanouit dans le ciel qui l'entend ;
Alors l'apaisement succède à la colère,
Et, comme un autre appel de la voix tutélaire,
On entend dans le chœur soudain illuminé :
Requiem œternam da eis, Domine.
Quelle sérénité ! quelle ampleur infinie !
Mozart sous chaque mot de la phrase bénie
Fait surgir une note, un effet surhumain....
Quand il se sent tiré doucement par la main.
Il s'était endormi dans la nef solitaire,
Mais un rêve a pour lui soulevé le mystère
D'un avenir où l'art met son rayonnement.
Il garde cependant un noir pressentiment
Du *Requiem* monté dans l'éclat de la nue :
L'image de la mort dans ce chant contenue
Le poursuit, et pourtant, le front haut de fierté,
Il dit : — Je veux aller dans la postérité.
Je veux avoir aussi ma page dans l'histoire.

- Et pour guider tes pas, me voici ! dit la Gloire.

JUPITER

Quand l'Olympe eut tenu son illustre Conseil,
Jupiter, un beau jour, n'ayant plus rien à faire,
Prit pour se mettre en route un rayon de soleil
    Et descendit vers notre sphère.

La terre n'avait pas de frontières encor,
Et le maître des dieux, selon sa fantaisie,
Limita, comme un peintre aurait fait d'un décor,
    L'Europe, l'Afrique et l'Asie.

L'Europe fut surtout l'objet des meilleurs soins.
Pendant une heure au moins, il en fit une étude ;
Pendant une heure il fit planer sur tous les points
    Sa puissante sollicitude.

Il mit son esprit vaste à contribution ;
Aussi l'œuvre fut grande et la mesure juste :
Il avait préparé pour chaque nation
    Un don de son pouvoir auguste.

Il dit à l'Angleterre : — A toi toutes les mers,
A toi la houille noire, où sans cesse fermente
Le germe d'un pouvoir qui, sur les flots amers,
    Dominera l'âpre tourmente. —

A l'Espagne : — Reçois comme un trésor divin
Ce qui charme l'esprit et ce qui saisit l'âme,
Le double enivrement qu'on trouve dans le vin
    Et dans les regards de la femme.

A la Grèce : — C'est toi qui seras le berceau
Des arts : tu brilleras comme un foyer de gloire ;
Tes grands hommes, groupés dans un vivant faisceau,
    De ton nom rempliront l'histoire. —

Il dit à l'Italie : — A toi le beau ciel bleu,
Les artistes divins, les œuvres de génie,
Et le souffle qui passe et qui berce au milieu
    D'une atmosphère d'harmonie. —

Il dit à la Russie immense : — Tu verras
La richesse surgir de tes steppes fécondes,
Car c'est toi qui dois être, avec tes mille bras,
    L'alimentation des mondes. —

A la Suisse : — Rayonne aux yeux des nations.
Sois la liberté sainte et sois l'austère asile :
Ouvre ton large seuil, quand les proscriptions
    Te jetteront ceux qu'on exile. —

Il fit à la Turquie un cadre éblouissant
De soleil, de verdure et de splendeur rêvée.
Puis, dans le juste orgueil qu'un dieu lui-même sent,
  Il dit : — Mon œuvre est achevée.

— Pas encor, répondit une voix aussitôt ;
Votre œuvre est incomplète, ayez-en l'assurance ;
Vous avez à chacune ici donné son lot,
  Mais que donnez-vous à la France ? —

En effet, Jupiter nous avait oubliés.
La plainte de la France étant juste et fondée,
Il regrettait les dons qu'il avait octroyés...
  Tout à coup il eut une idée.

Il chassa de son front le nuage importun,
Et dit : — Je dois admettre une demande telle ;
Je vais faire la part d'une part de chacun :
  Tu seras ainsi la plus belle. —

Et nous eûmes dès lors notre lot sur la mer,
Le sentiment de l'art que la gloire accompagne,
Des sourires au ciel et des baisers dans l'air ;
    Nous eûmes le vin de Champagne,

Des femmes dont la grâce est passée en dicton,
Un esprit dont l'éclat sur le bon goût se fonde.
L'Europe est un orchestre et nous donnons le ton,
    C'est reconnu par tout le monde.

Jupiter était donc très content, mais voilà
Qu'une voix, comme un bruit où la colère gagne,
Dit : — Je ne comprends rien à ce partage-là !
    Que donnez-vous à l'Allemagne ?

— Ma foi ! dit Jupiter, il ne me reste rien.
N'invoquez pas des droits qui ne sont plus les vôtres :
Vous arrivez trop tard. — Et l'autre dit : — C'est bien,
    J'irai prendre la part des autres. —

Jupiter regagna l'Olympe radieux.
Il n'est plus revenu sur la terre où nous sommes ;
Il a, sans doute, assez à faire avec les dieux
      Pour ne pas s'occuper des hommes.

Mais puisque l'Allemagne, et l'on sait à quel prix,
A résolu le point qu'elle entendait résoudre,
Il faudra qu'elle rende, un jour, ce qu'elle a pris,
      Ou c'est nous qui prendrons la foudre.

LES JAMBES DE MA VOISINE

A ÉDOUARD PHILIPPE

J'étais au cinquième étage,
Selon le couplet familier,
Mais je n'avais pas en partage
La limite de l'escalier.
Au-dessus, et toujours chez elle,
Travaillant du matin au soir,
Demeurait une demoiselle
Que je n'avais encor pu voir.

Vivait-elle en anachorète ?
Peut-être, mais comme un pinson
Elle remplissait sa chambrette
De mouvement et de chanson.
Sa voix était franche et sonore,
Et si limpide en même temps,
Qu'on eût dit un chant de l'aurore
Mis sur les ailes du printemps.

L'escalier conduisant chez elle
N'était pas commode, il s'en faut :
Il était droit comme une échelle ;
Mais c'était son moindre défaut.
Quand on a dix-huit ans, qu'importe ?
Six étages ne comptent pas.
Or, un jour, en ouvrant ma porte,
Je la rencontrai sur mes pas.

Elle grimpait, légère et vive,
Les derniers degrés, mais voilà

Qu'un courant d'air soudain arrive...
Il ventait très fort ce jour-là.
La robe était en mousseline.
Oh ! le vent n'a pas de pudeur !
Et les jambes de ma voisine
M'apparurent dans leur rondeur.

C'était charmant, parfait d'ensemble,
Avec des bas blancs bien tirés,
Oui, des bas blancs, quoi qu'il vous semble,
Mesdames aux bas chamarrés.
Vous avez mis trop à la mode
Ces couleurs qui jurent aux yeux.
Je ne sais pas si c'est commode :
C'est toujours fort peu gracieux.

Mais évitons toute querelle...
Ma voisine, tranquillement,
Referma la porte sur elle
Sans voir mon éblouissement.

Un fil régit nos destinées,
On le dit et l'on a raison ;
Ces deux jambes si bien tournées
Devinrent tout mon horizon.

Leur silhouette rebondie,
Leur galbe délicat et fin,
Allumèrent un incendie
Dont je ne voyais pas la fin.
Cela prit un tel caractère
Qu'à tout prix je voulus savoir
Ce qu'était leur propriétaire.
Voici ce qu'on m'apprit le soir :

Gaie, et pourtant très sérieuse,
La grâce unie à la bonté,
Excellente et laborieuse.
De ce moment, en vérité,
Je fus toujours en découvertes,
Et que le temps fût sombre ou clair,

Porte et fenêtre étaient ouvertes
Pour établir des courants d'air.

Enfin, au bout d'une semaine,
Le mal d'amour était vainqueur
De toute résistance humaine ;
L'incendie avait pris le cœur.
Alors, sans tarder davantage,
Et dans un effort surhumain,
Je gravis, en tremblant, l'étage
Dont mon cœur prenait le chemin.

Et lorsque je fus auprès d'elle,
Je dis à travers un frisson :
— Ma visite, Mademoiselle,
Va vous paraître sans façon ;
Mais la ligne droite est l'emblème
De la franchise, et je la prends
Pour vous dire que je vous aime
Sans préambule à mots vibrants.

— Quoi ! vous m'aimez sans me connaître ? —
— Je vous connais, et même plus
Que vous ne le pensez peut-être.
— Comment cela ? — Je suis confus
De le dire, et je m'y dérobe...
— Non, du tout, je veux le savoir. —
— Un jour, le bas de votre robe
Trop relevé m'a laissé voir

Votre jambe ronde et bien faite. —
— C'est affreux ! — Comment ! c'est affreux ?
Mais c'est l'œuvre la plus parfaite!
J'ai dans mon cœur et dans mes yeux
Cette jambe, pourquoi le taire?
Aussi je viens vous proposer
D'aller chez monsieur le notaire
Tout préparer pour l'épouser. —

Ce ton frivole en apparence
Me troublait ; elle le vit bien.

Son regard, comme l'espérance,
Longtemps s'arrêta sur le mien :
— Ne faites pas d'économie :
Sans le moindre cas hasardeux
Et sans crainte de bigamie,
Vous pouvez en épouser deux. —

Nous nous sommes mis en ménage,
Et pour y faire notre nid
J'ai pris un cinquième étage ;
C'est là que l'escalier finit.
C'est un peu haut, mais on devine
Et c'était dans les faits prédits,
Que les jambes de ma voisine
Me conduiraient au paradis.

LE MAITRE D'ÉLOQUENCE

Sous un charme indicible il tenait l'auditoire :
Son style tout vibrant, sa puissance oratoire,
Sa voix pleine de feu, l'éclat de chaque son,
Couraient sur l'épiderme et donnaient le frisson.
Quel que fût le sujet, art, science, réforme,
La richesse du fond, la splendeur de la forme,
En faisaient un foyer rayonnant de clartés :
C'était un idéal fait de réalités ;
Aussi Paris entier suivait ses conférences.
Les femmes y venaient surtout, leurs préférences
Ajoutaient chaque jour un prestige nouveau
Au nom qu'on saluait partout d'un long bravo.
Parmi les auditeurs montrant le plus de zèle

5.

Se trouvait une jeune et belle demoiselle ;

Blonde, elle avait un ciel dans l'azur de ses yeux ;

Et l'exquise douceur de ses traits gracieux

Caressait le regard ; pourtant un reflet sombre

S'allongeait par moment sur son front comme une ombre ;

Ses efforts n'en pouvaient empêcher le retour.

Elle devait souffrir. Était-ce de l'amour ?

Était-ce une douleur ? L'un et l'autre, peut-être.

Celui qu'à juste titre on appelait le maître,

Un jour, comme sujet prit la peine de mort.

Les journaux à grand bruit l'annoncèrent d'abord,

Et la foule, devant le beau sujet d'étude,

Accourut plus compacte encor que d'habitude.

La jeune fille y vint aussi.

                Quelle grandeur !

Quel merveilleux langage et quelle profondeur !

Chaque phrase avec art choisie et ciselée

Contenait le sens juste ou l'idée étoilée ;

Mais l'orateur devint admirable au moment
Où pour conclure il dit dans un frémissement :
— C'est ainsi que l'esprit malgré lui s'habitue
A ce code sinistre, à cette loi qui tue,
C'est ainsi qu'une ligne invoquée à dessein
Du bourreau conscient fait un autre assassin.
Donner la mort, jeter un cadavre à la tombe,
Voir rouler dans la nuit une tête qui tombe,
Rend le code coupable, ensanglante l'arrêt.
Qu'on supprime la corde avec le couperet !
Car l'univers entier, dans sa grandeur austère,
Ce qui nous vient du ciel, ce qui va sur la terre,
Toutes les voix d'en haut, toutes les voix d'en bas,
Dans un immense cri disent : Ne tuez pas ! —
Pris d'une émotion soudaine et colossale,
L'auditoire debout fit retentir la salle
De bravos prolongés et d'applaudissements.
Tout à coup, des sanglots pleins de tressaillements
Passèrent en criant dans la foule enfiévrée.
C'était la jeune fille aux yeux bleus qui, livrée
Au flot de sentiments dans son cœur descendus,
N'avait pu contenir les sanglots entendus.

Plus d'une fois déjà le maître avait pu lire
Dans ce cœur qui pour lui vibrait comme une lyre ;
Il avait deviné ce virginal amour
Dont il avait senti l'influence à son tour ;
Il s'établit ainsi du banc jusqu'à la chaire
Un courant sympathique, une effusion chère.
Aussi vint-il attendre avec empressement
La jeune fille émue encor profondément,
Et qui, le front courbé, s'en retournait chez elle ;
Et sur un ton sincère il dit : — Mademoiselle,
J'ai souffert de vous voir souffrir ; pardonnez moi
Si je laisse mon cœur s'ouvrir ainsi. — L'émoi
Qu'elle avait tout à l'heure éprouvé dans la salle
Mit encor la pâleur sur son front déjà pâle :
—Ah! Monsieur, pourquoi donc vous trouver sur mes pas? —
Alors il répondit : — Ne le sentez-vous pas ?
N'avez-vous pas compris, en vous sachant si belle,
Qu'une céleste voix auprès de vous m'appelle ?
Mes regards, dès longtemps, ne vous l'ont-il pas dit ? —
— Eloignez-vous, Monsieur ! — Il m'est donc interdit
De vous faire connaître à quel point je vous aime ? —
— Ah ! de grâce ! effacez jusqu'à la trace même

De cet amour levé sur votre cœur surpris.

Vous devez m'oublier, m'oublier à tout prix. —

— Ne me demandez pas ce qui n'est pas possible ;

L'amour est une loi : c'est la force invincible,

C'est un soleil vivant ; rien ne peut l'effacer.

Quand le cœur en est plein, comment n'y point penser ? —

— Il le faut : j'ai, d'ailleurs, le remède en moi-même.

Je deviendrai fatale, effrayante à qui m'aime :

Un mot seul vous broiera le cœur et le cerveau.

Sachez donc que je su's la fille du bourreau ! —

Il chancela soudain sous le coup de tonnerre.

Le cri désespéré, l'avis tortionnaire

Flamboyait devant lui comme des traits de feu,

Puis, dans une secousse, et sans un mot d'adieu,

Il s'enfuit, tandis qu'elle, inerte, à l'agonie,

Dans un rauque sanglot dit : — Ma vie est finie !

On ne la revit plus aux conférences ; lui

Pensa d'abord souvent au doux visage enfui,

Mais les succès bruyants, les ovations faites,

Les bravos recueillis dans les foules en fêtes,

Voilèrent lentement l'image dans son cœur.

Deux mois après, l'oubli, ce facile vainqueur

Dont l'amour à bon droit craint les exploits sans nombre,

Avait mis le passé tout entier dans son ombre.

Un jour, on vint prier le maître d'accourir

Au chevet d'une femme, hélas ! près de mourir.

Il se sentit le cœur pris d'une angoisse telle

Qu'il en eut un frisson subit : — Si c'était elle !

Pensa-t-il.

           C'était elle, en effet. Pauvre enfant !

La douleur implacable et le mal triomphant

L'emportáient dans la lutte ardemment soutenue ;

Et quand elle sentit que l'heure était venue,

Pour sa dernière joie, à son dernier instant,

Elle voulut revoir celui qu'elle aimait tant.

Près d'elle était un homme à l'anguleux visage,

Aux traits durs, aux regards pleins d'un sombre présage

Des plis rudes creusaient son front mystérieux,

Mais quand sur la mourante il attachait les yeux,
On sentait la douleur sombre qui désespère
Et qui lui déchirait ses entrailles de père.
Celui qu'on attendait vint au bout d'un moment.
La mourante eut soudain un resplendissement :
— C'est toi, c'est toi ! merci ! dit-elle avec ivresse...
Et son âme passa dans ce cri de tendresse.
Et, tandis que devant ce beau visage mort
Le maître tout à coup entendait le remord
Lui parler de sa voix redoutable et muette,
Le père, l'œil perdu, le cœur plein de tempête,
Et de ses poings crispés étreignant son cerveau,
S'écriait : — De nous deux, qui donc est le bourreau ? —

MADRIGAL

Je t'aime, et cependant tu me dis chaque jour
Que tu ne comprends pas le pouvoir de l'amour :
L'amour, vois-tu ? tient l'âme attachée à son aile.
C'est l'éternel levier, c'est la force éternelle.
Certes, je ne suis pas Archimède qui, lui,
Eût soulevé le monde avec un point d'appui.
Mais si tu partageais ma tendresse profonde,
Dans mon orgueil puissant, dans ma superbe ardeur,
Je tenterais aussi de soulever le monde :
    Pour point d'appui j'aurais ton cœur.

LES BELLES-MÈRES

A MADAME ERNESTINE ALTARAS

O vous qui lancez des pointes amères
    A vos belles-mères,
De vos quolibets contenez l'essor.
Je sais que tout haut chacun vous approuve,
    Eh bien ! moi, je trouve
Qu'une belle-mère est un vrai trésor.

Cela vous surprend ? Cette idée étrange
    A vos yeux me range
Parmi les esprits obtus ou fêlés ?
Usez de ce droit ; je tiens mon idée
    De tous points fondée.
Raisonnons un peu, si vous le voulez.

Quand on fait son choix et qu'on se marie,
    A qui, je vous prie,
Doit-on le bonheur d'avoir près de soi
L'ange du foyer, la femme adorée
    Qu'on a rencontrée,
Et que l'on vous donne au nom de la loi?

Qui donc a formé tant de belles choses ?
    Vous cueillez les roses
Dont les jardiniers sont expropriés ;
Vous réalisez toutes vos chimères.
    Sans vos belles-mères
Je voudrais savoir où vous en seriez.

L'argument, Messieurs, peut vous sembler drôle ;
    Mais un pareil rôle,
Quoi qu'on puisse dire, a son beau côté.
Une belle mère a, dans ma pensée,
    Sa place fixée
Au rang le plus haut de l'humanité.

Que la moindre crainte un jour la réclame
    Près de votre femme,
A son dévouement elle met le sceau ;
Au chevet du lit on la trouve encore
    Bien avant l'aurore,
Comme on la trouvait auprès du berceau.

Au plus vain caprice on la voit qui plie ;
    Elle multiplie
Ses soins empressés et pleins de douceur ;
On la voit répandre à flots autour d'elle
    Son amour fidèle
Et tous les trésors qu'elle a dans le cœur.

Je sais qu'elle dit : — Il faut qu'on observe
      Un peu de réserve ;
N'allez pas, mon cher, toujours au galop !
Les fruits trop nombreux font casser la branche.
      Chacun d'eux retranche
De longs jours à ceux qui font notre lot. —

Mais cela se dit sans acrimonie.
      Par quelle manie
Voudrait-on tirer d'un tel argument
Qu'une belle-mère est la bête noire ?
      On écrit l'histoire
Quelquefois, Messieurs, bien étrangement.

D'ailleurs, pour forcer vos derniers refuges,
      Prenons tous pour juges
Nos bébés. Voyez les airs triomphants
Que bonne-maman toujours leur inspire !
      Quels yeux ! quel sourire !
Fiez-vous au goût des petits enfants.

Ces grands-mères là sont vos belles-mères.
   En termes sommaires
Laissez-moi conclure, et vous attester
Que, s'il n'existait dans chaque ménage,
   Ce cher apanage,
Je dirais bien haut qu'il faut l'inventer.

LE VIEUX MUSICIEN

DIT PAR Mlle MULLER, DE LA COMÉDIE-FRANÇAISE

Pauvre vieux maître ! il est malheureux, il est seul :
La tristesse et l'ennui l'entourent d'un linceul
Morne comme celui qui l'attend d'heure en heure ;
Il n'espère plus rien de la vie, il demeure
A Naples, dans le haut d'un théâtre, où, pourtant,
Chaque soir, replié sur lui-même, il entend
Des chants mélodieux, des motifs pleins de rêves.
Musicien exquis, il a fait des élèves
Dont l'Italie a dit souvent le plus grand bien ;
Mais de sa renommée il ne reste plus rien.

Les succès d'autrefois et la gloire obtenue
Se sont évanouis comme un bruit dans la nue,
Et l'oubli tout plein d'ombre est arrivé, l'oubli
Dans lequel il se sent, hélas ! enseveli.

Il s'était cependant bercé d'une chimère :
Un jour, l'âme brisée en songeant à sa mère,
Il avait fait un chant, une élégie en pleurs,
Un poème vibrant d'amour et de douleurs,
Où le tour mélodique, en frissonnant, ramène
Tout ce qui peut gémir dans une voix humaine.
Biancu, sa chère élève, un soir avait chanté
Pour la première fois l'adorable andante,
Et la foule attentive, et soudain captivée,
Avait redemandé l'œuvre si bien trouvée.
La gloire était venue ainsi devant ses pas ;
Mais l'illusion vaine, hélas ! ne dura pas...
Bianca, par des succès éclatants révélée,
Dans un lointain pays fut bientôt appelée.
Alors l'isolement vint avec ses ennuis,
Puis le vide se fit autour de son nom, puis

L'implacable besoin l'étreignit dans sa serre,
Puis, enfin, il passa de misère en misère
Jusqu'à l'heure fatale où pour abri dernier
Il s'en vint tristement tomber dans ce grenier.

Un soir, le ciel de Naple avait des splendeurs telles
Que l'infini semblait un plafond de dentelles :
La brise vaporeuse et pleine de baisers
Parlait avec les flots mollement irisés.
Dans son lit, à travers son étroite fenêtre,
Le vieux musicien regarde ce bien-être,
Et, tout pâle, il se dit : — C'est le bout du chemin !
Ce ciel profond m'appelle et j'y serai demain. —
Puis il ferme les yeux pour laisser venir l'heure
Du grand sommeil sans rêve et du repos sans leurre.
Tout à coup, de la scène il entend s'élever
Un prélude... Il écoute, il tremble, il croit rêver :
Ce prélude est le sien... Puis, une voix de femme,
Grande à remplir le ciel, vibrante à prendre l'âme,
Chante les strophes d'or qu'un jour il évoqua.
Plus de doute : la voix est celle de Bianca :

Son œuvre, que dans l'ombre il croyait enfouie,

Renaît et resplendit à sa vue éblouie.

Il écoute en joignant les mains, et quand le chant

S'achève dans un rythme ineffable et touchant,

Un immense frisson court dans tout l'auditoire.

Les bravos, répétés comme un bruit de victoire,

Eclatent dans la salle et s'élèvent d'un bond

Dans le grenier désert du pâle moribond.

Quel bonheur est le sien ! Comme il voudrait voir celle

Qui dans sa nuit obscure allume une étincelle !

Comme il voudrait ouvrir son cœur reconnaissant

Et dire avec amour l'émotion qu'il sent !

Soudain, d'une poussée il voit s'ouvrir la porte.

Une femme surgit à ses yeux : elle apporte

Des fleurs à pleines mains : — C'est moi, Bianca, c'est moi !

Ces couronnes de fleurs, ces bouquets, sont pour toi,

Cher maître ! C'est un juste hommage à ton génie. —

Et lui, le regard plein d'une joie infinie,

Et les deux bras ouverts : — Merci, tu viens m'offrir

La gloire. Et maintenant, Bianca, je puis mourir. —

LES

INDISCRÉTIONS D'UN CORSET

A F. GALIPAUX

Quoi ! l'on me traite en invalide,
En inutile, en bon à rien !
Pourtant, je suis encor solide,
Madame, vous le savez bien.

Il n'est rien qui me garantisse
Contre un mauvais vouloir si grand :
C'est une criante injustice,
C'est un despotisme flagrant.

6.

Aussi, puisqu'on agit sans honte,
Je cesserai d'être discret,
Madame, et vais sur votre compte
Dire plus d'un petit secret.

Tout d'abord, ce sera votre âge :
Quarante ans... Ne dites pas non !
Un jour, où certain personnage
Entra sans décliner son nom,

Vous lisiez une page écrite
Sur papier timbré, mais, ma foi !
Devant ce monsieur, vite, vite,
L'extrait légal glissa chez moi.

Je lus donc la date précise,
Pendant qu'auprès du visiteur
Vous étiez mollement assise ;
L'état civil n'est pas flatteur.

En cela son rôle diffère
Du mien : il montre à chaque pas
Ce qu'on a. Souvent, au contraire,
Moi, je montre ce qu'on n'a pas.

Ceci, Madame, ne s'applique
Pas à vous, bien certainement,
Et cependant combien s'explique
L'éclat de mon ressentiment !

Vous me mettez hors de services,
Me voilà honni, rejeté,
Comme si j'avais tous les vices
Et pas la moindre qualité.

Des vices ! Il en est d'énormes
Partout, c'est vrai, mais avec moi,
Pas le moindre vice de formes ;
Le bon goût m'en fait une loi.

Et voilà pourquoi je proclame
Votre injuste sévérité.
Vous avez oublié, Madame,
L'appui que je vous ai prêté.

Cependant par mon influence,
(La preuve était sous votre main),
Ce qui tombait en défaillance
Revenait dans le bon chemin.

Vous en avez la certitude,
Et sans moi, c'est bien constaté,
Vous aviez moins de rectitude
Et vous manquiez de fermeté.

Eh bien ! je me sers de vos armes ;
Songez que vous êtes aussi,
A propos de forme et de charmes,
Complètement à ma merci.

Et je le dis bien haut, Madame,
Pour que cela soit répété :
Une de vos hanches réclame
Le principe d'égalité.

Vous avez... Mais on vient... C'est elle.
Quoi ! dans sa chambre, en ce moment,
Avec sa robe de dentelle !
Vient-elle attendre ?.. Non, vraiment.

Elle semble fort inquiète
Devant un surcroît de grosseur,
Et de moins en moins satisfaite
Des formes de mon successeur.

O triomphe ! Elle l'abandonne.
Elle me rend à mon emploi.
Ah ! j'oublie et je lui pardonne...
Vous, Mesdames, écoutez-moi :

J'ai montré des choses secrètes,
Mais, puisqu'on lève l'interdit,
Estimez que je n'ai rien dit.
Pour une fois soyez discrètes.

LE BOUQUET DE ROSES

DIT PAR Mlle ROSAMOND, DE LA COMÉDIE-FRANÇAISE

Voici le mois de mai tout riant. Que de choses
On a dites déjà sur le retour des roses !
Que de fraîches senteurs ! Que d'étoiles aux cieux !
Que de mystère au fond des bois silencieux !
Depuis l'idylle en fleurs que le soleil éclaire
Jusqu'aux vers peu guindés du refrain populaire,
Que n'a-t-on pas écrit, que n'a-t-on pas rimé
Sur le retour charmant du joli mois de mai !

Comme un frappant contraste à la splendeur sereine
Qui donne à la nature une beauté de reine,
Une femme en haillons, pâle et le front courbé,
Tend la main aux passants ; un grand cercle plombé
Autour de ses yeux noirs se dessine et révèle
Le deuil qu'en son esprit chaque jour renouvelle ;
Sur ses bras un enfant dort, deux autres garçons
Vont, viennent, auprès d'elle, ainsi que des pinsons,
Et leurs ébats joyeux semblent une ironie
Devant cette douleur que l'on sent infinie.
La foule, cependant, circule et ne voit pas
Ce désespoir muet rencontré sur ses pas ;
Et le jour pâlissant au loin rend plus amère
L'angoisse que déjà ressent la pauvre mère.
Que fera-t-on ce soir ? Que va-t-on devenir ?
Ces enfants, qu'un toit sombre et nu va réunir,
Si gais en ce moment, vont pleurer tout à l'heure.
Pauvres petits amours ! Leur joie est un vain leurre,
Et s'il ne surgit pas un secours, ils auront
Aussi l'estomac vide et la pâleur au front.

Mais voilà qu'auprès d'eux, à l'angle de la rue,
Une jeune ouvrière est soudain apparue ;
Faut-il la peindre ? Non, je ne l'essaierai pas.
Il vous est arrivé quelquefois, sur vos pas
De rencontrer un type idéal qui vous reste
Comme un reflet vivant de la beauté céleste,
N'est-ce pas ? et qui laisse en vous l'impression
Qu'on éprouve devant une apparition ?
Eh bien ! la jeune fille a cette beauté pure
Qui fait rêver le ciel. Sans rubans, sans guipure,
Dans son vêtement simple et chastement coquet,
Elle est belle à ravir ; elle tient un bouquet
De roses à la main ; elle revient chez elle
Dans sa sérénité chaste : — Mademoiselle,
Pour mes pauvres enfants ! dit la mère, et ses yeux
Se remplissent soudain de pleurs silencieux.
La jeune fille, émue et la pitié dans l'âme,
Veut offrir son obole à cette pauvre femme ;
Mais elle cherche en vain, elle ne trouve rien :
Pas la moindre monnaie à son service. — Eh bien !
Dit-elle alors avec son radieux sourire,
Acceptez mon bouquet de roses ; je désire

7

Qu'il vous porte bonheur : c'est mon vœu le plus doux. —
Et le bouquet charmant est mis sur les genoux
De la pauvresse, qui cependant se demande
A quoi peut lui servir la gracieuse offrande.
Un secours, quel qu'il fût, lui valait beaucoup mieux ;
Son front pâle devient encor plus soucieux.
Mais voilà qu'un jeune homme apparaît devant elle :
Il a l'air bon ; ses traits ont une douceur telle
Qu'ils attirent vers lui : — J'aime ce bouquet-là,
Dit-il, permettez-moi de l'acheter. Voilà
Le prix. — Et le cœur plein d'une joie inouïe,
Il glisse dans la main de la mère éblouie
Cent francs. — Eh quoi ! pour moi ces belles pièces d'or ?
— Oui, pour vous. — Et chacun emporte son trésor,
Comme si l'on venait d'obtenir en partage
Les deux meilleures parts d'un céleste héritage.

On a déjà prévu que le bouquet charmant
Comme un trait d'union nous mène au dénouement.
Si l'on voit peu de rois épouser des bergères,
On peut voir des banquiers épouser des lingères.

Notre jeune héros comprend la chose ainsi.
Bien que riche, l'amour est son beau rêve : aussi
Trois mois après, l'église avec soin est ornée,
La nef étincelante est toute illuminée,
Et l'orgue, plein de voix, vers le ciel jette en chœurs
Ces chants qui font vibrer les voûtes et les cœurs.
Les époux sont unis, et la cérémonie
Dans sa grandeur pieuse est à peine finie,
Qu'une femme, auprès d'eux se frayant un chemin,
Vient avec un bouquet de roses dans la main :
— Acceptez ce bouquet : je suis la pauvre femme
Qu'un jour vous avez vue avec le deuil dans l'âme,
Et qui, depuis, et grâce à vos cœurs généreux,
Elève ses enfants en travaillant pour eux.
Puisse l'humble bouquet porté pour l'un et l'autre
Vous donner le bonheur que m'a donné le vôtre. —

SOUVENIRS DE NAPLES

DITS PAR Mlle SCRIWANECK

Elle était poétique et lui ne l'était guère ;
Deux courants opposés passaient sur chacun d'eux ;
Elle était l'idéal, il était le vulgaire ;
  Ils s'aimaient pourtant tous les deux.

Le contraste souvent fait naître l'harmonie ;
Il en doit être ainsi, c'est très sûr ; autrement
Quand l'un des deux a foi dans ce que l'autre nie,
  A quoi tiendrait l'attachement ?

Ils venaient d'accomplir leur voyage de noces
A Naples, où le ciel limpide et toujours clair
Fait les joyeux printemps et les étés précoces,
            Et jette des baisers dans l'air.

Ils étaient revenus dans ce milieu de brume,
Dans ce jour sans rayons, dans cet horizon gris
Où l'air pleure toujours, où la gaîté s'enrhume,
            Et qui cependant est Paris.

Ils étaient revenus charmés; la jeune femme
Semblait surtout garder le plus cher souvenir
De cet azur profond dont l'éclat met dans l'âme
            L'amour qu'il semble contenir.

Un soir, tous deux causaient devant la cheminée;
Au dehors un grand vent soufflait à pleine voix.
Tout à coup, au charmant souvenir ramenée,
            Elle dit : — Sans cesse je vois

Ces monts bleus découpant leur fière silhouette
Dans l'air plein de caresse et de limpidité,
Ce beau ciel qui soutient avec sa voix muette
    La thèse de l'éternité.

Je vois les reflets d'or dont l'étendue est pleine,
Je sens le souffle tiède et les parfums légers
Dont la brise nocturne embaume son haleine
    En passant sur les orangers.

Je vois dans l'horizon s'enfuir les blanches voiles
Comme des visions dans le fond d'un décor,
Je vois la nuit venir dans sa robe d'étoiles.
    Un soir, t'en souvient-il encor ?...

Je n'imiterai pas le LAC de Lamartine.
Où trouver tant de grâce et tant de sentiment ?
Mais, un soir, nous voguions sous la voile latine
    Que la brise enflait doucement.

Soudain, dans le silence et dans l'ombre attiédie,
Une admirable voix de femme, au timbre d'or,
Vibra sur un ton large et plein de mélodie,
      Et vers le ciel prit son essor.

C'était un chant suave, un motif populaire,
Une phrase d'amour où le cœur palpitait,
Et qui, jetée au loin, à travers la nuit claire,
      Allait au cœur qui l'écoutait.

Bientôt une voix d'homme, à l'inflexion tendre,
Reprit le beau motif, puis, les voix s'unissant
Dans un flot d'harmonie, elles firent entendre
      Le duo le plus ravissant,

On sentait la tendresse au fond de chaque note,
On sentait un aveu passer dans chaque son,
Et mon cœur près du leur, dans la barque qui flotte,
      S'en allait battre à l'unisson.

O fraîche émotion ! rayonnante soirée !
Voix du passé qui tiens déjà tout l'avenir !
Beau ciel, tièdes parfums, air pur, vague azurée,
      Vous embaumez mon souvenir ! —

Lui, pendant ce temps-là, roulait sa cigarette
Entre les doigts, et puis il dit en l'allumant :
— Lorsque tu pars, ma chère, il n'est rien qui t'arrête.
      Naples me plaît, assurément.

Mais je dois avouer qu'à la tiède atmosphère,
A ces voix qui, dis-tu, passent dans l'infini,
Aux monts bleus, aux flots bleus, au ciel bleu je préfère
      Les parfums du macaroni. —

LA GRANDE VOIX

DITE PAR GEORGES RUEF

Il était seul avec sa fièvreuse pensée,

Et, comme s'il parlait à la foule amassée,

Sa voix était sonore, et son geste inspiré

Disait à quelle joie il se sentait livré :

— Enfin sur l'horizon sombre le jour se lève,

Le jour où je vais voir s'accomplir mon beau rêve,

Le jour où le projet conçu patiemment

En surgissant du sol deviendra monument.

Ah ! qu'importent les plis creusés sur mon front blême ?

J'aurais seul résolu l'insoluble problème,

Celui d'être sans cesse et partout à la fois,

D'avoir un tel organe, une si grande voix,

Une transmission si large et si profonde

Qu'elle ira retentir dans les bornes du monde.

L'orage qui bondit sur les îlots écumants

Et qui remplit le ciel de ses rugissements,
Le tonnerre qui roule en éclats dans l'espace
Et qui fait palpiter l'horizon qu'il crevasse,
Ont un cercle restreint, un pouvoir limité;
L'orage gronde ici, le calme est à côté,
Tandis que moi j'érige en système ordinaire
De faire un bruit cent fois plus grand que le tonnerre,
Et lorsque désormais ma voix s'élèvera,
L'univers attentif partout l'écoutera.
Tous les peuples seront compris dans mon domaine,
Je donnerai l'essor à la pensée humaine,
Du plus humble milieu jusqu'au palais des rois,
On m'entendra parler de justice et de droits,
Je soutiendrai le bien, je grandirai les âmes,
Je mettrai dans les cœurs d'éblouissantes flammes,
Et j'en ferai jaillir dans un rayonnement
Le courage superbe et le beau dévouement.
Je serai le gardien fidèle de l'histoire :
Les hauts faits accomplis, les époques de gloire,
Sans que l'ombre des temps ne puisse les ternir,
Marcheront, par mes soins, à travers l'avenir.
Les esprits deviendront des fenêtres ouvertes,

Le progrès lumineux, les grandes découvertes,

Tout ce qui peut germer dans le génie humain,

Y viendront resplendir du jour au lendemain.

Rien ne demeurera dans l'ombre ; la science

Exercera sur tous son austère influence ;

L'art sera populaire, et les maîtres auront

Le prestige à leur suite et l'auréole au front.

Le monde garde un peu de son ombre première.

Eh bien ! moi, je lui jette une part de lumière.

Et je puis affirmer sans profanation

Qu'il sera satisfait de ma création. —

Il se faisait si bien l'écho de sa pensée

Qu'il entendait la foule autour de lui pressée

Dire : Quel est ton nom ? Quelle est ta grande voix ?

Et lui, pâle d'orgueil et de joie à la fois,

Il répondait au vœu que la foule lui crie :

— Mon nom est Gutenberg, ma voix, l'Imprimerie. —

A PROPOS DE LIVRES

Devant le feu qui les rassemble
Trois amis, dès longtemps liés,
Un soir d'hiver causent ensemble
Des nouveaux livres publiés.

Mais ils sont bien loin de s'entendre :
L'un, tout épris d'antiquité,
Soutient qu'on ne peut rien attendre
De ce siècle débilité.

Et comme suite il s'extasie,
En citant des textes nombreux,
Sur le charme et la poésie
Des Grecs anciens et des Hébreux.

— C'est si beau, dit-il, que j'en rêve ;
Quel langage tout étoilé !
Quelle forme puissante et brève !
Quel style à grands coups ciselé !

Comparer les livres modernes
A ce coloris sans pareil,
Serait comparer des lanternes
Aux rayonnements du soleil.

Aussi, pour leur gloire éternelle,
Bien que le temps emporte tout
Dans l'envergure de son aile,
Ces œuvres sont encor debout.

La voix de trois mille ans l'atteste.
Si nous vivions dans trois mille ans,
Vous verriez un peu ce qui reste
De vos écrivains de talents. —

— Il faut éviter les extrêmes,
Dit l'autre ami ; nous savons bien
Par les autres et par nous-mêmes
Que trop prouver ne prouve rien.

Certes, par les temps où nous sommes,
On proclame unanimement
Que l'Iliade avec les Psaumes
Sont aussi grands qu'un monument.

Mais pour cela faut-il admettre
Que l'art n'ait pas d'autre flambeau,
Et que ces œuvres de grand maître
Aient tari la source du beau ?

Non, l'erreur serait évidente.
Pour moi, j'estime, en vérité,
Que l'œuvre du Tasse et du Dante
Vaut celle de l'antiquité.

Debout sur l'immobile socle
Où la gloire attache un reflet,
Shakespeare est grand comme Sophocle ;
J'aime moins Œdipe qu'Hamlet.

Et l'avenir plein de lumière,
Malgré l'antique et sa splendeur,
Entoure le nom de Molière
D'une impérissable grandeur.

Ce ne sont point là des lanternes ;
Et, sans hésiter, je soutiens
Qu'à mes yeux les livres modernes
Valent bien les livres anciens. —

Le troisième prend la parole,
Il va droit au but, celui-là :
Sans réserve il vante le rôle
Du naturalisme-Zola.

Mais chacun de⹁ amis s'oppose
A ce paradoxe grossier :
Personne donc n'a gain de cause ;
Lorsqu'arrive un vieux financier,

Autre ami, qui parfois vient faire
La partie. Il doit à l'instant
Dire les livres qu'il préfère.
On l'interroge à bout portant.

Mais sans feinte ni stratagème,
Le bonhomme, d'un air malin,
Leur répond : — Les livres que j'aime
Sont surtout les livres sterling.

LÉGENDE INDIENNE

DITE PAR Mlle ROSAMOND, DE LA COMÉDIE-FRANÇAISE

Du fier Himalaya, dont la cime serpente
Dans le ciel, un radja puissant gravit la pente
La plus haute qu'il sache et qu'il ait fait chercher.
Sur le sommet perdu dans les airs un rocher
Plane, et semble à son tour dominer de sa cime
Les deux versants dont l'un plonge dans un abime.
Sur le rocher superbe et debout dans l'air bleu
Un brin d'herbe a poussé, mince et frêle, au milieu
D'une fissure, plante on ne sait d'où venue,
Peut-être déposée, en passant, par la nue.
Sur la pente franchie en grande part déjà,
Un flot de courtisans suit les pas du radja;
Celui-ci monte, avec l'éclair dans la prunelle,
Et lorsqu'il touche enfin à la cime éternelle,
La tête dans le ciel, fièrement, sans émoi,
D'une voix forte il dit : — Monde, regarde-moi !

Je suis grand comme toi, plus grand peut-être, ô monde!
Mon nom vole aussi loin que l'aile de l'éclair,
Et les rois sont devant ma colère profonde
    Craintifs comme un souffle de l'air.

Mon bras est plus puissant que l'onde déchaînée,
Mon glaive de géant ressemble à la fureur,
Et ma tête aux combats paraît environnée
    D'une auréole de terreur.

Ma gloire atteint déjà les hauteurs du possible ;
Malgré leur énergie et leur rébellion,
Mes ennemis ont dû sous mon sceptre invincible
    Courber leur tête de lion.

Et maintenant, devant l'immensité sans bornes,
Devant toi, grand soleil ! devant vous, cieux géants !
Devant toi, désert plein de solitudes mornes !
    Devant vous, larges océans !

Je jure qu'à mes lois je soumettrai la terre,
Que je ferai pâlir le prestige des rois,
Que je ferai du monde un humble tributaire,
    Que, comme Dieu, j'aurai mes droits.

J'abaisserai les fronts dans un bruit de tempête,
Et, pour redire au loin mes faits audacieux,
L'ouragan, soulevant son immense trompette,
    Soufflera dans les vents des cieux.

La splendeur magnifique et les rayons de gloire
Marcheront sur ma trace en pompeux appareil,
Et quand je passerai sur mon char de victoire,
    On dira : Voici le soleil !

J'allongerai mon sceptre au loin, dans les distances ;
Si formidablement que l'on soit défendu,
J'écraserai du pied toutes les résistances
    Comme ce brin d'herbe perdu ! —

Et, plein d'orgueil, entrant dans l'esprit de son rôle,

Le triomphateur joint le geste à la parole :

Sur le frêle brin d'herbe encor tout imprégné

Des pleurs dont les vapeurs du matin l'ont baigné,

Il pose un pied brutal... O terreur ! Son pied glisse ;

Le radja comme un trait descend la pente lisse,

Il roule dans l'abîme, et son rêve géant

S'engloutit pour jamais dans l'ombre du néant.

Et tandis que la foule, à sa suite venue,

Prise d'un deuil subit, tend les bras vers la nue

Et pleure ce soleil soudainement terni,

On entend une voix passer dans l'infini

Et dire sur un mode éclatant et superbe :

— Pour briser le plus grand, il suffit d'un brin d'herbe !

LE TRÉSOR

DIT PAR Mlle J. THÉNARD, DE LA COMÉDIE-FRANÇAISE

— Vous m'avez dit, mère chérie,
Et le disiez hier encor,
Que la nouvelle métairie
Renferme un bien rare trésor. —

— Oui, mon enfant, répond la mère ;
Le trésor dont je t'ai parlé
N'est pas du tout une chimère :
C'est un fait qu'on m'a révélé. —

8

— Il ne faut donc plus que j'hésite.
J'irai, dit Paul, au point du jour,
Faire une première visite. —
— Commence par la grande cour,

Ajoute la mère. — Quand l'aube
Mettait des franges de carmin
Sur l'azur pâle de sa robe,
Déjà Paul était en chemin.

Les arbres, dont les cimes hautes
Ondoyaient dans l'air du matin,
Jetaient de vaporeuses notes
Sur le même rythme incertain.

Les roses, moins effarouchées
Souriaient en voyant le jour,
Et, l'une vers l'autre penchées,
Se racontaient leur nuit d'amour;

Tandis que dans les massifs d'ombre
Les fauvettes et les pinsons
Se disaient des bonjours sans nombre,
Et remplissaient l'air de chansons.

Ce réveil du ciel et des roses
Parlait au jeune homme, et pourtant
Au dessus de ces belles choses
Il mettait son rêve éclatant :

Le trésor ! le foyer de joie !..
A la ferme il arrive enfin ;
Il cherche un indice, une voie
Dans la grande cour, mais en vain.

Aucune marque, nulle trace,
Pas la moindre fissure au sol ;
Un examen de la terrasse
Ne fait rien découvrir à Paul,

Qui s'en revient près de sa mère
Un peu déçu : — Je le crains bien :
Nous nous berçons d'une chimère. —
— Quoi ! mon fils, tu n'as rien vu ? — Rien.

Seulement, avant que je parte,
Au milieu de la grande cour
J'ai vu mademoiselle Marthe
Ordonnant les travaux du jour.

Elle distribuait l'ouvrage
Dans le mouvement et le bruit :
Ici, les blés et le fourrage,
Là, les légumes et le fruit ;

Plus loin la luzerne coupée...
J'aurais bien voulu m'approcher,
Mais elle était trop occupée.
Quant à ce que j'allais chercher,

Comptons-y moins. — Non, moi j'y compte,
Dit la mère, et veux ce trésor :
On n'invente pas un tel conte ;
Il faut là bas te rendre encor.

Mais, en le faisant, je te prie
De chercher sur un autre point ;
Va du côté de la prairie,
Et ne te décourage point. —

Le lendemain, même voyage :
C'est l'après-midi. Cette fois
Paul suit un sentier de feuillage
Sur la lisière d'un vieux bois.

Sa pensée est moins occupée
Du trésor : il va lentement,
Sentant son âme enveloppée
Dans ce repos vague et charmant.

8.

Les branches font des découpures
Sur le sol, et rien n'est pareil
A ce beau tapis de guipures
Qu'à ses pieds brode le soleil.

Soudain, il voit dans une allée
Faisant angle avec le chemin,
Sous une charmille voilée,
Un couple se donnant la main.

C'est un jeune et bien joli couple ;
Elle est brune avec des yeux bleus,
Grande, svelte, et sa taille souple
A des mouvements onduleux.

Paul s'efface dans le bois sombre ;
Il s'arrête pour écouter
Le joli duo que dans l'ombre
Le jeune couple va chanter.

Sur l'unique phrase : Je t'aime !
Mille fois échangée entre eux,
Ils redisent le divin thème
A l'usage des amoureux.

Paul repart pour la métairie,
Le cœur ému, le front penché ;
Il descend droit vers la prairie :
Il cherche le trésor caché.

Mais il est distrait; rien n'écarte
De son cœur le thème charmant,
Quand soudain il aperçoit Marthe
Qui vers lui vient en ce moment.

Elle est grande, elle est distinguée.
Ce n'est plus elle, en vérité,
Dont l'attention prodiguée
Semait partout l'activité.

C'est une belle demoiselle
Dont les traits fins et gracieux
S'harmonisent et font chez elle
Un ensemble délicieux.

Elle s'approche du jeune homme,
Et de sa voix au timbre d'or :
— Vous avez l'air d'un agronome;
Que cherchez-vous donc ? — Un trésor.

J'ai cherché de l'A jusqu'au Z,
Dit Paul, et je ne trouve rien. —
— Si vous voulez que je vous aide,
Nous chercherons. — Je le veux bien. —

Et les voilà cherchant ensemble :
Elle est superbe en se penchant
Avec l'auréole que semble
Lui faire le soleil couchant.

Aussi, devant la jeune fille,
Paul entend résonner plus haut
Les deux voix qui, sous la charmille,
Ont chanté le joli duo.

Dans son émotion profonde,
Il regarde indiscrètement
Cette taille flexible et ronde
Et son riche accompagnement.

Et, profitant d'un bouquet d'ombre
Qu'il rencontre sur son chemin,
A l'abri du feuillage sombre,
Tremblant, de Marthe il prend la main.

O surprise ! elle l'abandonne,
Tandis qu'un sourire charmant
S'adresse au jeune homme, et lui donne
Un soudain éblouissement.

Alors il joint les mains : — Je t'aime,
Et pour moi le ciel est ici. —
Et, selon l'adorable thème,
Marthe répond : — Je t'aime aussi. —

— Bien ! dit en surgissant la mère,
Cher Paul, c'est ce que j'ai rêvé ;
Ce n'était pas une chimère
Que le trésor... Tu l'as trouvé. —

LE CONNÉTABLE DE BOURBON

DIT PAR MADAME BAUMANN-AGUILLON

Celui dont on citait le courage indomptable
Et que François premier avait fait connétable,
Charles, duc de Bourbon, au mépris de l'honneur,
A fait de Charles-Quint son maître et son seigneur,
Et le monarque, fier d'une pareille avance,
En retour a nommé Charles roi de Provence.
Le duc, depuis longtemps, rêve le trône ; aussi,
Sûr que les Provençaux se battraient sans merci,
Il a pris le parti que l'orgueil lui conseille
Et jeté ses soldats sous les murs de Marseille.
D'abord, pour affirmer sa nouvelle grandeur,
Il a fait déclarer par son ambassadeur,
Dans un langage rude et tout exprès vulgaire,
Qu'avant tout on paierait une rançon de guerre,

Et que les échevins, en complet comité,
Lui porteraient les clés de leur vieille cité.
Le consul, Mathieu Lauze, avec un fier courage,
Le front haut, la voix brève, a relevé l'outrage :
— Monsieur l'ambassadeur, c'est trop de sans-façon :
Non, Marseille jamais ne paiera de rançon,
Non, Marseille jamais ne voudra reconnaître
Comme roi, ce vendu, ce renégat, ce traître,
Dont la voix insolente ose nous engager
A porter, comme lui, le joug de l'étranger.
Voilà notre réponse. —

Et quand elle est connue,
Une immense clameur retentit dans la nue,
Et chacun, sans pâlir regardant le danger,
Jette ce cri : — Plutôt la mort que l'étranger !
L'orgueilleux connétable a mesuré l'injure ;
Dans un élan de haine implacable il se jure
De briser tant d'audace et de rébellion :
Il va faire sentir sa griffe de lion.

Et Marseille, debout dans sa fière carrure,
Verra combien de chair vient dans la déchirure.
Avec une âpreté que rien ne ralentit,
Il prépare dès lors le siège ; il investit
La ligne des remparts jusqu'à la Joliette ;
Il voit tout, il suit tout, son ardeur inquiète
Fait prévoir quelle lutte et quels rudes assauts
Il faudra soutenir sur les bords provençaux.

Mais s'il veut châtier une sanglante offense,
Les assiégés aussi veillent à la défense ;
De nouveaux bastions, surgis de toutes parts,
Se dressent vers le ciel, allongent les remparts ;
Tout le monde est soldat, chacun comprend son rôle ;
On n'entend plus au loin flotter la barcarolle
Qu'en jetant ses filets le pêcheur dit le soir ;
Les poètes rêveurs ne viennent plus s'asseoir
Dans l'ombre et contempler le prestige qui passe
Dans le ruissellement lumineux de l'espace,
Repousser l'ennemi ! c'est le cri, c'est le but.

9

Les femmes, comme tous, apportent leur tribut ;
Ces yeux noirs, dont l'éclat va jusqu'au fond de l'âme,
Deviennent des foyers où la haine s'enflamme ;
Sur la place publique, en groupes sur les toits,
Elles jettent dans l'air leur sonore patois,
Et chaque mot qui vibre et chaque appel qui gronde
Exprime éloquemment cette haine profonde.

Un matin, on entend retentir le canon.
Le duc, pour se montrer digne de son renom,
Commande en chef. Le feu s'ouvre à toutes volées :
Au même instant les forts et les tours crénelées
S'allument, et dans l'air, épaissi brusquement,
Éclate un formidable et rauque grondement ;
Un ouragan de fer, des trombes de mitrailles,
Ébranlent les créneaux, crevassent les murailles,
Et bientôt, sous l'éclat des boulets convergents,
Une brèche est ouverte aux pas des assiégeants :
— A l'assaut ! tonne alors la voix du connétable ;
Et l'on voit s'élancer la troupe redoutable ;

Mais à son tour, debout et dans un calme fier,
Derrière le granit surgit un mur de chair.
Alors s'ouvre un combat gigantesque : la hache
Pleine d'éclairs se lève et tombe sans relâche,
Le sang coule à ruisseau sur le glacis fumant :
Ce n'est pas un combat, c'est un égorgement.
Et pourtant la victoire est indécise encore.
Tout à coup il s'élève une rumeur sonore,
Un bruit large et profond dans le vent apporté :
— Mort aux envahisseurs ! Ce grand cri répété
Jette aux cœurs des frissons, électrise les âmes.
Alors, dans la fumée, on voit surgir les femmes
Qui, la colère aux yeux et le fer à la main,
Ont des remparts en feu pris aussi le chemin.
O peuples ! saluez cette page d'histoire !
L'intrépide renfort décide la victoire,
Et l'ennemi rompu, foulé de toutes parts,
Avec la honte au front roule au bas des remparts.

LES COULEURS

— Quand tu parles, ta voix aimée
Dans mon cœur vibre bien longtemps,
C'est une chanson du printemps
Passant dans la brise embaumée ;
Rien n'est doux comme cette voix,
Et quand je l'écoute, je vois,
Loin de l'ennui triste et morose,
      Tout en rose.

Quand tu me regardes, tes yeux
Ont des clartés enchanteresses
Bien plus douces que les caresses
De l'étoile qui veille aux cieux ;

Leur azur profond me pénètre,
De tant de joie et de bien-être,
Que par lui je vois, en tout lieu,
       Tout en bleu.

Le chant que la jeunesse entonne
Ne peut rien à mes soixante ans ;
L'amour n'a point d'âge, et l'automne
Vaut souvent mieux que le printemps.
Mon cœur a tant d'effervescence
Qu'il voit, comme une renaissance,
L'avenir sur mes pas ouvert
       Tout en vert.

Sois donc ma compagne adorée :
Par moi la richesse et l'amour
Sur ton existence dorée
Viendront resplendir chaque jour;
En y songeant mon cœur s'étoile,
Et je vois à travers ton voile

Et ton beau sourire troublant
    Tout en blanc. —

— Vous faites un nouvel adage,
Répond la jeune fille, mais
Si vraiment l'amour n'a point d'âge,
C'est qu'il ne doit vieillir jamais.
Jeunesse, amour, quoi qu'il vous semble,
Doivent aller toujours ensemble,
Et l'on voit près des vieux maris
    Tout en gris.

Vous parlez de votre fortune :
On y tient fort de notre temps,
Mais sa splendeur inopportune
N'ôte rien à vos soixante ans.
Vingt ans mettent l'âme en liesse,
Et l'on voit, avec la vieillesse
Qui se berce d'un fol espoir,
    Tout en noir.

Gardez-vous d'un tel alliage :
Il faut des époux assortis,
Prenez le meilleur des partis
Et renoncez au mariage ;
Le ménage hors de saison
Montre au mari, dans l'horizon
Que l'amour en vain badigeonne,
  Tout en jaune. —

LES DROITS DE LA FEMME

DITS PAR SAINT GERMAIN

Mesdames, vous voulez qu'on change de principe,
Qu'on réforme le code et qu'on vous émancipe.
Vous réclamez les droits de l'homme. En vérité,
Pour moi, qui suis un homme et qui suis député,
C'est un point délicat, sujet à controverse.
J'ai déjà résolu la chose en sens inverse,
Et je dois franchement vous prévenir qu'ici
Vous trouvez un pécheur, un pécheur endurci.
Quoi ! la femme jouer un rôle politique !
C'est bon en théorie et mauvais en pratique.

9.

Si la femme a les droits de l'homme, il faut aussi
Que des devoirs d'Etat elle prenne souci.
— Oui, direz-vous. — Il faut, la chose est exigible,
Qu'elle soit électeur, qu'elle soit éligible.
— A coup sûr. — Et dès lors, comme tout électeur,
Elle peut devenir député, sénateur,
Et dans la Chambre basse ou dans la Chambre haute,
On doit la voir siéger avec nous, côte-à-côte.
— Eh bien ? — Vous pouvez voir d'ici le résultat
De votre immixtion chez les hommes d'Etat.
— Bah ! direz-vous, cela serait sans conséquence
Et ne gênerait pas du tout votre éloquence. —
— Nous gêner, songez-y ! ce serait fait de nous,
Si nous allions manquer d'éloquence avec vous.
Mais bien que toujours l'âge offre une garantie
Contre une explosion ou contre l'incendie,
Bien que, certes, jamais on ne le soupçonnât,
Mesdames, j'aurais peur même pour le Sénat.
Le doute deviendrait bien vite un fait notoire.
Quant à nous, députés, c'est tout une autre histoire :
Là, j'ai non seulement la persuasion
D'un trouble incandescent et d'une explosion,

Mais je puis vous donner la complète assurance
Que l'on vous verrait mettre en feu toute la France,
Il faut donc qu'à tout prix on vous tienne à l'écart,
Ce n'est pas une phrase arrangée avec art,
Mais bien la vérité que tout haut je proclame.
Puis, songez-vous aux soins qu'un tel mandat réclame?
Comment feriez-vous donc pour discuter les lois
Pendant vos sessions intimes... de neuf mois ?
Comment conduire à bien le projet le moins vaste?
Voyez l'effet produit par un pareil contraste :
L'intérêt de l'Etat irait s'amoindrissant
Tandis que votre état serait intéressant.

Restez femmes. Sur vous tant de joie est fondée
Que je ne comprends pas même qu'on ait l'idée
De vous faire l'objet d'une distinction.
Peut-être rêvez-vous la décoration,
Vous qui voulez sortir des limites prescrites ;
Nul plus que moi ne rend hommage à vos mérites,
Nul n'élève plus haut vos qualités : pourtant
Je n'aime point pour vous cet hommage éclatant.

Ne le laissons donc pas s'ériger en doctrine,
Mieux vaut telle qu'elle est laisser votre poitrine ;
On la fit pour un autre usage que cela,
Et ce n'est pas la croix qu'on va chercher par là.
Restez femmes ; laissez les problèmes arides
Qui sur vos fronts si purs mettraient bientôt des rides,
Restez dans ce milieu charmant où, chaque jour,
S'en vont notre espérance et nos rêves d'amour ;
Occupez-vous de fleurs, de joyaux, de toilettes,
Et, pour notre bonheur, restez ce que vous êtes.

MÉTAPHORE

DITE PAR GEORGES RUEF

Quand le silence règne au fond de l'étendue,
Quand la brise s'endort dans l'ombre des grands bois,
La harpe éolienne aux branches suspendue
    Demeure immobile et sans voix.

Mais qu'un souffle s'éveille à travers la ramure,
Que le plus léger bruit s'élève comme un son,
Devant le souffle tiède ou le vague murmure,
    La harpe a soudain le frisson.

Et sous l'épais feuillage et dans l'ombre attiédie,
Au milieu du silence et du recueillement,
Il s'élève une longue et fraîche mélodie
      Qui donne le ravissement.

Ainsi le cœur, alors que rien n'y vibre encore,
Demeure sans échos, sans bruits mélodieux,
Mais qu'un réveil soudain lui vienne de l'aurore,
      Qu'un souffle passe dans les cieux,

Qu'une voix, écoutée ainsi qu'un tendre exorde,
Lui parle, mille échos résonnent tour à tour,
Et font monter de chaque harmonieuse corde
      Le divin rythme de l'amour.

LES PUDEURS DE VÉNUS

Dans le jardin des Tuileries
Une Vénus en marbre blanc,
Sur un socle et sans draperies,
Me regardait d'un air dolent.

Elle avait la tête expressive,
Les contours tracés richement ;
Pourtant elle semblait pensive
Dans son superbe isolement.

Elle était sous un massif d'ombre ;
Le jour pâlissait dans les cieux,
Et le massif devenait sombre
Devant mes pas silencieux.

Intrigué, je m'approchai d'elle :
Sans être un chef-d'œuvre parfait
C'était un gracieux modèle,
Mais triste et pensif, en effet.

Et, chose encor plus surprenante,
Je crus voir, au bout d'un moment,
S'ouvrir sa bouche frissonnante,
Et son corps faire un mouvement.

Étonné devant ce prodige
Qui me paraissait inouï :
— Pourrais-tu me parler ? lui dis je;
Et la Vénus répondit : Oui.

Je repris alors : O statue !
Puisque tu daignes m'écouter
Bien que tu sois fort peu vêtue,
Je dois d'abord me présenter.

Je suis poète : la nature
A pour moi des rythmes vibrants ;
La poésie et la sculpture,
Etant deux sœurs, nous font parents.

Au double foyer l'art s'allume ;
Contours de marbre ou chant d'oiseau,
L'une cisèle avec la plume,
L'autre écrit avec le ciseau.

Et toi, d'où viens-tu ? — Je l'ignore ;
Jusqu'aujourd'hui rien n'est venu
Eclaircir ce mystère encore.
On me dit de père inconnu. —

— Par cela serais-tu froissée ?
Y vois-tu, lui dis-je, un affront
Dont la douloureuse pensée
Met un nuage sur ton front ? —

— Détrompe-toi, répondit-elle,
Je suis fixée à mon sujet ;
Je suis digne de Praxitèle,
De Michel-Ange ou de Puget.

Qu'importe le nom de l'artiste
Quand l'œuvre est belle ? En vérité,
Ce n'est pas cela qui m'attriste,
Je souffre... de ma nudité.

Mon langage à coup sûr t'étonne,
Et je t'en vois émerveillé ;
Car il est certain que personne
Ne comprend l'amour habillé.

Pourtant je suis endolorie
En me sentant aussi souvent
Exposée à l'intempérie
Des yeux indiscrets et du vent.

Je ne me plains pas du poète
Qui suit les marronniers ombreux,
Et qui, m'apercevant, s'arrête
Avec un regard d'amoureux.

Mais ce qui me trouble et me lasse,
Craignant surtout que pour toujours
Je ne demeure à cette place,
C'est de voir venir tous les jours

Des gens dont j'aime peu la mine
Et les regards audacieux :
C'est un vieillard qui m'examine
A me faire baisser les yeux.

C'est un caporal qui se grise
D'un souvenir plus ou moins doux,
Et qui murmure à sa payse :
— Elle est moins bien faite que vous. —

Après, c'est une domestique
Avec les cheveux sur le front,
Qui me regarde et me critique :
— Ceci trop plat, ceci trop rond.

C'est une douche continue
Qu'il faut recevoir sur le dos.
Ah ! quel ennui que d'être nue,
Et de l'être pour des lourdauds !

Aussi, permets que mon cœur s'ouvre ;
Pour mettre un terme à mes tourments
Demande mon entrée au Louvre,
Ou donne-moi des vêtements. —

Ainsi Vénus me dit ses peines.
Je vis les sommités de l'art :
Mes démarches restèrent vaines...
Mais je la retrouvai plus tard,

A Londre, avec d'autres modéles
Chez deux dévotes miladys
Qui mettaient l'enfer autour d'elles
Pour conquérir le paradis.

Se figure-t-on la statue
Dans un grand parc, sous le ciel noir,
Toujours rigidement vêtue
D'un interminable peignoir ?

Pauvre Vénus ! aussi dut-elle
Me voir passer sans dire un mot,
Mais mon émotion fut telle
Que malgré moi je dis tout haut :

— Miladys, ne vous en déplaise,
La pudeur a son côté laid ;
Jamais Vénus ne fut anglaise:
Déshabillez-la, s'il vous plaît. —

LE VIOLONISTE

DIT PAR ALPHONSE SCHELER

Raoul est un artiste : il est jeune, il est beau ;
Son grand front resplendit, son âme est un flambeau
Dont le foyer s'active aux clartés les plus hautes ;
Quand de son violon il fait vibrer les notes,
Il attache, il saisit, il frappe ; on sent qu'il a
Quelque chose du ciel que le ciel révéla.
Ce n'est pas le vain son que l'archet froid promène :
C'est toute la splendeur de la parole humaine,
C'est le sanglot qui pleure ou l'ineffable cri
Que fait jaillir l'amour quand il nous a souri ;

La vie entière est là, sur la corde sonore.
Mais où Raoul devient plus admirable encore,
C'est dans une ballade, un air simple et touchant,
Où l'âme se recueille, où l'on entend le chant
Des fidèles qui vont en longues théories
Par les sentiers bordés de bruyères fleuries ;
C'est calme et solennel, naïf et radieux.
Un soir, dans un concert, le chant mélodieux
Parut aux yeux de tous si beau, si rempli d'âme,
Que la foule battit des mains, et qu'une femme
Pensive dans l'éclat des applaudissements,
Sentit soudain son cœur plein de tressaillements.
Sous le charme inspiré de l'austère harmonie
Esther avait aimé l'artiste de génie.

Depuis deux ans reçue au Théâtre-Français,
Esther compte déjà de multiples succès :
Elle n'a que vingt ans : l'énergie accentue
Ses beaux traits que relève une ampleur de statue.
Grande et fière elle ajoute encore à sa beauté
Le prisme que la gloire autour d'elle a jeté.

Elle a compris Raoul : ces êtres poétiques
Ont des attractions tendrement sympathiques,
Ils se cherchent sans cesse et partout, puis, un jour,
Ils fondent leurs deux cœurs dans un aveu d'amour.
Esther avec Raoul ont fait ces longs échanges
Qui transportent l'esprit dans la sphère des anges ;
L'amour et l'art divin, comme un double trésor,
Etincellent pour eux dans un horizon d'or,
Et leur bonheur revêt un si haut caractère
Qu'ils doutent par moments si le ciel vaut la terre.

Mais, hélas ! l'ombre vient toujours sur le chemin,
Et l'espoir de la veille est loin le lendemain.

En répétant, un jour, Esther sentit sa lèvre
Trembler subitement dans un frisson de fièvre ;
Le mal inexplicable infiltré dans son sang
Grandit et prit soudain un cours effervescent ;
Une pâleur morbide et d'un sombre présage
S'allongea d'heure en heure et couvrit son visage.

Bien vite on conseilla le ciel tiède, l'air pur,

Et pour elle on choisit Canne, aux rives d'azur,

Canne, le bord fleuri, la plage fortunée

Que baigne mollement la Méditerranée.

Raoul dut s'éloigner d'Esther ; il fut conclu

Qu'il fallait observer un repos absolu,

Car une émotion dont le cœur n'est pas maître

Serait fatale au point de la tuer peut-être.

Pauvre Esther ! L'air flottant sur les flots irisés

En vain à son front pâle apportait ses baisers,

La fièvre dévorait ce corps devenu frêle,

Et bientôt le docteur fut sans espoir pour elle,

Au point qu'il dit un jour, dans un pénible effort :

— Le délire menace, et s'il vient, c'est la mort. —

C'est l'heure où le soleil sur l'horizon s'incline ;

Son disque éblouissant, dont le ciel s'illumine,

Empourpre de rayons l'infini qui s'endort,

Et colore les flots changés en lames d'or ;

La brise, en apportant des parfums de tendresse,

Donne à l'âme flattée une longue caresse,

Et ce calme profond, ce ciel pur, semble offrir
Une nouvelle vie à ceux qui vont mourir.
Esther, dans un fauteuil, par la fenêtre ouverte
Regarde le ciel rose et la campagne verte ;
Son vieux docteur est là, pensif, et comprenant
Quel mal courbe ce front pâle mais rayonnant :
— Quel beau ciel ! dit soudain Esther, quel grand sourire !
Quelle sérénité dans tout ce qui respire !
Quelle harmonie immense et radieuse on sent
Au fond de ce repos ineffable et puissant !
Salut, ciel lumineux ! salut, vagues dorées !
Salut, rivage plein de strophes inspirées !
Salut, fraîches senteurs de la brise ! Salut,
Vallons mélodieux qui vibrez comme un luth !
Je vous aime, la vie en moi semble renaître ;
Je vous aime ! — Et quittant tout d'un coup la fenêtre,
Elle tend les deux bras vers le ciel : la pâleur
Envahit plus encor son grand front sans couleur :
Dans ses regards perdus la fièvre peut se lire :
— Ah ! pense le docteur tremblant, c'est le délire !
Alors elle se croit sur la scène, elle dit
Les magnifiques vers que la foule applaudit.

De cette voix, où l'âme avec amour résonne
Elle laisse tomber les soupirs d'Hermione,
Puis, elle dit, avec tous leurs emportements,
Ce que Phèdre et Camille ont de rugissements.
Quels accents ! quels transports ! quelle gloire absolue !
Comme elle est belle et grande, hélas !.. Elle salue,
Elle croit voir ses bras de couronnes chargés,
Elle semble écouter les bravos prolongés
Que la foule, debout dans la fiévreuse salle,
Lui jette en l'acclamant de sa voix colossale.
Puis, elle se revoit toute seule, elle attend
Raoul : — Quand viendra-t-il celui que j'aime tant ?
Pourquoi tarder ? Reviens ! C'est à toi que s'adresse
L'éclat de mes aveux, le cri de ma tendresse.
A toi mon âme, à toi mes accents les plus doux !
Reviens ! — Soudain Raoul bondit à ses genoux :
— J'étais là, je mourais !... Esther, ma seule joie !
Ma plus chère pensée ! Il faut que je te voie !
Il faut que je t'entende ! Il faut que dans tes yeux
Je retrouve l'extase éternelle des cieux !
Esther ! Esther ! — Mais elle avec bonheur : — Je t'aime !
Puis son regard se trouble; une faiblesse extrême

La prend : on la conduit jusqu'au fauteuil, devant

La fenêtre où le soir porte un baiser du vent.

Alors sa main indique une boîte auprès d'elle :

Raoul y court. O charme ! ô souvenir fidèle !

Il voit le violon dont il jouait jadis

Lorsque Esther lui faisait rêver le paradis :

— La ballade ! dit-elle à travers un murmure.

Et lui, brisé devant cette pâle figure,

Joue avec un frisson dans l'âme et dans la voix

Le cantique divin répété tant de fois.

Sous l'archet inspiré les cordes palpitantes

Ont un flot prolongé de notes sanglotantes ;

Esther écoute avec un long ravissement ;

Son regard vers le ciel s'est levé lentement,

Et quand l'hymne est fini, son visage s'éclaire

D'un éblouissement de joie et de lumière.

Hélas ! le dernier son du chant mélodieux

Avait accompagné son âme dans les cieux.

A L'ÉCOLE

Un enfant de dix ans, sur son banc, à l'école,
Dit à son camarade assis auprès de lui :
— Un traître, n'est-ce pas, joue un indigne rôle?
    Dans le passé, comme aujourd'hui,

En tout temps, en tout lieu, sa mémoire est flétrie,
L'histoire le dénonce et s'en fait un devoir,
N'est-ce pas? Tel qui vend l'honneur de sa patrie
    Est un traître?.. Attends, je vais voir

L'acception du mot d'une façon bien claire
Dans Littré. — L'autre enfant, pris d'un fougueux accès,
Répond : — Ne cherche pas dans le vocabulaire ;
    Traître, ce mot n'est pas français. —

LE LIVRE

Blanche a de grands yeux noirs, une taille élevée,
Un profil délicat, d'une forme rêvée,
Une bouche à tromper les papillons, des mains
De déesse, et des pieds comme sur les chemins
On n'en rencontre point, Madame, hormis le vôtre.
Cela fait un portrait... J'en devrais faire un autre,
Mais pourquoi de Lucien vous dessiner les traits ?
L'esquisse d'un jeune homme a toujours peu d'attraits.
Au reste, mon héros est fort bien, il a même
Su, sans le rechercher, plaire à Blanche qu'il aime.
Pourtant cet amour chaste et si bien partagé
Dans l'ombre de leur âme est encore plongé ;
Certes, leurs longs regards ont exprimé ces choses
Que le souffle du soir dit tendrement aux roses,

Mais si leurs yeux parlaient, leurs voix ne disaient rien ;
Et souvent, près de Blanche, après un entretien
Où l'on parlait de tout excepté de tendresse,
Le jeune homme accusait tout bas sa maladresse,
Et cherchait, en poussant un soupir douloureux,
Ce qu'on dit de l'amour quand on est amoureux.

Un jour, sous un berceau de feuilles, d'où s'épanche
Un silence rêveur et plein de charme, Blanche
Lisait, mais soit que l'œuvre offrît peu d'intérêt,
Soit qu'un autre sujet tînt son esprit distrait,
Malgré la chatelaine aimable et son beau page,
Blanche en était toujours à la première page.
Soudain elle ferma le livre : — Assurément
Je ne puis à l'auteur faire mon compliment,
Dit-elle, il ne sait pas empêcher ma pensée
D'être loin de son livre obstinément fixée.
Dieu ! combien les auteurs sont fades aujourd'hui !
Lucien vit un éclair s'allumer devant lui,
Et tout à coup, prenant à deux mains son courage :
— C'est une rareté, dit-il, qu'un bon ouvrage ;

Il en est cependant qui nous charment encor.

Hier, comme l'on ouvre un bien rare trésor,

J'ouvrais un livre fait d'une page d'histoire ;

Le héros n'y suit pas un beau rêve de gloire,

Rien n'éblouit en lui, mais il dit chaque jour

Si bien l'émotion suave de l'amour,

Qu'il semble qu'une voix du ciel vers lui se penche.

L'héroïne est charmante, elle s'appelle Blanche...

— Comme moi. — Comme vous ; elle est belle, on dirait

Que l'auteur a voulu faire votre portrait.

Le jeune homme aime Blanche, il l'aime avec ivresse,

Il cherche, en mesurant sa profonde tendresse,

Et regardant le ciel et Blanche tour à tour,

Lequel est le plus grand : le ciel ou son amour. —

— Continuez, cela m'intéresse, dit-elle.

— Bien qu'il soit tout heureux d'une tendresse telle,

Le jeune homme a grand peur, il est pris de frisson

Quand de la voix aimée il écoute le son,

Et lorsqu'un doux aveu monte jusqu'à sa lèvre,

Ce n'est plus un frisson alors, c'est une fièvre,

Et le timide aveu soudainement fondu

S'efface dans un mot qu'on n'a pas entendu. —

— C'est très joli ! dit Blanche. Enfin, ose-t-il faire
Cet aveu redoutable à celle qu'il préfère ? —
— Vous m'en demandez trop, car du livre charmant
Dit-il, je ne suis pas encore au dénouement. —
— Je veux lire ce livre. — Oui, Blanche, il faut le lire ;
Car... il vous appartient. — A moi ? — J'ose le dire. —
— Expliquez-vous, Lucien. — Ah ! Dieu ! combien j'ai peur !
Ce livre est à vous, Blanche ; il s'appelle : mon cœur. —

LA LETTRE DU QUARTIER-MAITRE

Tu m'as dit : — Ne sois pas avare
De ton papier, écris souvent. —
Et, ma foi ! je largue l'amarre.
File, ma lettre, dans le vent.

Camarade, ouvre donc l'oreille
A mon récit : Tu sais que j'ai
Résolu d'aller à Marseille
Passer mes deux mois de congé.

Deux mois entiers de bocks de bière,
De bons diners et de soleil
Au pays de la Caneblère,
C'était un régal sans pareil.

11

Un mot d'abord de cette rue
Que l'on vante bien justement :
Elle m'est soudain apparue
Dans le bruit et le mouvement.

Et cependant, bien qu'on la cite
A tout propos, dans maints feuillets,
Je dois dire qu'elle n'excite
Jamais l'orgueil des Marseillais.

Ils ont de bien plus belles choses :
Sous ce climat tout embaumé,
Les femmes ainsi que les roses
Font de l'année un mois de mai,

Quel bel aspect ! quelle merveille !
Comme c'est fait solidement !
Vraiment les femmes de Marseille
Construisent admirablement.

J'en connaissais une superbe ;
Je la voyais chaque matin
Tenant dans sa main une gerbe
De fleurs moins fraiches que son teint.

C'était une très belle fille.
Un jour qu'il ventait fort par là,
Le vent me montra sa cheville,
Et même un peu plus que cela.

La magnifique créature
S'en allait droit, debout au vent,
Inclinant sa belle mâture
Et son riche gaillard d'avant.

Et, mon cœur se livrant carrière
Devant cet éclat printanier,
J'allai vers elle vent arrière
Sans prendre un ris dans le hunier.

Et je lui dis : — Mademoiselle,
Le mistral me conduit à point ;
Foi de marin, vous êtes belle...
De grâce ! ne vous fâchez point.

Excusez-moi si mon langage
Vous semble rude où vous déplaît,
Mais mon cœur est pris d'un tangage
Qui le secoue au grand complet. —

Elle m'écoutait sans colère ;
Et, comme je joignais les mains,
Elle dit : — Cherchez à me plaire,
C'est le plus direct des chemins. —

Ces mots valaient une fortune ;
Et depuis, comme de raison,
Ainsi qu'un gabier dans la hune,
Je la cherchais dans l'horizon.

Et j'étais heureux de l'entendre :
Tout son cœur passait dans sa voix ;
Enfin, pourquoi te faire attendre
Le dénouement que tu prévois ?

Écrit avec de la bonne encre
Un bon contrat nous a liés,
Puis, nous nous sommes mariés :
Je suis au port : j'ai jeté l'ancre.

RÉPONSE AU QUARTIER-MAITRE

Tu t'es marié, mon vieux camarade ;
Loin de notre rade,
C'est un fait réel et très avéré,
Tu t'es amarré.

Mais tu n'as pas vu la grosseur du câble,
Nul n'est impeccable,
Je le sais, pourtant que n'as-tu souvent
Consulté le vent ?

Il t'aurait donné, dans le meilleur style,
Un avis utile ;
Il aurait montré devant ton chemin
L'écueil de demain.

Car pour nous, marins que la brise emporte,
L'affection forte,
La tendresse vraie et grande toujours
Comme aux premiers jours,

Ce qui tient nos cœurs, la chose fixée
Dans notre pensée,
Ce qui, malgré tout, nous est le plus cher,
Vois-tu, c'est la mer.

Nous avons toujours pour cette maitresse
La même tendresse,
Bien que ses baisers soient faits par moments
De rugissements.

En vain nous voulons nous séparer d'elle ;
Sa voix nous appelle
Sur un ton câlin, par les plus doux noms,
Et nous revenons.

C'est plus fort que nous, c'est involontaire :
    Nous avons à terre,
Loin des flots riant aux yeux éblouis,
    Le mal du pays.

Le vent t'aurait dit tout cela, sans doute :
    Ce que je redoute,
C'est que ce mal-là ne te prenne un jour
    Malgré ton amour.

N'importe, mon vieux, je te complimente ;
    Ta femme est charmante,
Et dans son gréement que tu peins si bien,
    Il ne manque rien.

Sous un vent d'amour ouvre donc les voiles,
    Va dans les étoiles,
Suis le zodiaque et prends de doux mots
    Devant les Gémeaux.

Explore à ton gré ces charmants parages ;
  Les plus beaux mirages
Pour toi ne sont rien en comparaison
  D'un tel horizon.

Ecoute pourtant ce que je conseille :
  Va loin de Marseille,
Va loin de ces voix qu'on entend souvent
  Passer dans le vent.

Evite avec soin un tel voisinage,
  Car le vieil adage
Dit avec raison qu'on revient toujours
  Aux premiers amours.

LE CLOITRE

O demeure impassible et froide ! ô grand mur sombre !
De quel droit retiens-tu ma fille dans ton ombre ?

Lorsque nous avons vu l'être qui nous est cher
Mourir entre nos bras, quand nous savons sa chair
Par le ver du sépulcre à tout moment rongée,
Lorsqu'au fond de nos cœurs la douleur prolongée
Pour un temps infini s'ancre profondément
Et vibre à l'unisson de chaque battement,
Nous plions les genoux sur la tombe fermée,
Et là, bien près, bien près de la dépouille aimée,
Nous laissons épancher nos regrets, nous offrons
Les larmes de nos yeux et le deuil de nos fronts.
Alors notre pauvre âme est quelquefois bercée
A l'espoir que renferme une chère pensée ;
Nous essuyons nos pleurs en nous disant qu'un jour
Peut-être on se revoit dans l'éternel amour.

Mais... c'est ce qui me donne un frisson d'épouvante !

Mais lorsque nous avons une fille vivante,

Une enfant dont le front au lis vierge est pareil,

Un ange dont la vue est pour nous un soleil,

Et que cet ange aimé, cette enfant adorée,

Par un cloître éternel de nous est séparée,

Il nous faut à chaque heure et sans trêve souffrir

Des maux bien plus cruels que ceux qui font mourir,

Il nous faut, dans l'excès de douleurs infinies,

Sentir tous les tourments, toutes les agonies.

Eh bien ! je dois subir ces tortures sans nom !..

La mort n'inflige pas un tel supplice, non !

L'angoisse la plus vive et le deuil le plus sombre

Sentent avec le temps s'atténuer leur ombre ;

Ici toujours le deuil ! toujours l'angoisse !.. Quoi !

Savoir l'enfant qu'on aime à quelques pas de soi,

Tendre, hélas ! les deux bras vers cette image douce,

Et trouver constamment ce mur qui nous repousse,

Ce grand mur qui, plus froid que la tombe, nous dit :

— Gardez-vous d'approcher : ce seuil est interdit. —

Ah ! c'est affreux ! il semble alors que le tonnerre

Devrait soudain tomber sur le seuil centenaire,

Et dire, en ébranlant la porte qui se fend :
— J'ouvre pour que ce père embrasse son enfant !
Mais rien ne vient du ciel, rien ne tonne et ne broie
Le mur toujours debout pour conserver sa proie…
Je veux revoir ma fille, oui, je veux la revoir !
Je m'insurge, à la fin, contre un pareil pouvoir !
Mes tourments sont trop durs, ma souffrance est trop grande!
Je veux revoir ma fille, il faut qu'on me la rende !
Il me faut ce rayon du ciel dans mon enfer !
Ah ! si j'étais géant avec des bras de fer,
Si j'avais un instant la force d'une trombe,
Comme je secouerais cette vivante tombe !
Comme j'engouffrerais dans le dédale noir
Le souffle de ma haine et de mon désespoir !
Comme je balaierais ces arches féodales !
Comme j'entasserais sur ces funèbres dalles
Les débris arrachés au sombre monument,
Dussé-je être écrasé dans cet ébranlement !

LE BANDEAU

— Madame, vous restez insensible aux aveux
    Qu'en frissonnant je vous adresse;
La brise les emporte en baisant vos cheveux :
Rien ne vous reste au cœur de ma folle tendresse.

Pourquoi ce fier dédain rencontré sur mes pas ?
    D'où vient une rigueur pareille ?
Quand je parle, on dirait que vous n'entendez pas.

— C'est que l'amour a mis son bandeau sur l'oreille. —

LA PLANÈTE

A MADAME CHARLES BLUM

Lorsque tout fut réglé dans la création,
Une forme céleste, une apparition,
Un corps fluide avec des lignes éthérées,
Avec un regard tendre et des ailes dorées,
Surgit dans l'infini plein d'éblouissements ;
Puis, une grande voix tombant des firmaments
Dit ces mots : — Sois l'amour ! — et la forme adorable
Soudain se revêtit d'un charme incomparable,
Et les mondes penchés et les cieux tour à tour
Avec ravissement dirent : — Voici l'amour.

Alors la voix reprit : — Au fond de l'étendue,
Vois ces mondes brillants dont la masse éperdue
Roule à travers l'espace et dans l'éternité,
Contemple leur éclat, leur nombre, leur beauté,
Et choisis l'un d'entr'eux : il sera ta demeure. —
Et les planètes d'or resplendirent sur l'heure,
Et, comme pour sourire à l'ange, dans l'air bleu,
Elles firent jaillir de leurs regards de feu
Des rayons à donner l'extase et le délire ;
Puis, comme si les cieux avaient pris une lyre,
Elles dirent en chœur sur un mode enchanté :
— Choisis, souffle divin, choisis, sainte clarté. —

Un globe alors parut aux confins de l'espace ,
Il tournoyait au loin et laissait sur sa trace
Une clarté fluide, un reflet nuancé
Qui se fondait dans l'air après avoir passé ;
Il n'avait pas chanté l'unisson vague et tendre,
Et l'ange cependant résolut de l'attendre.
Le globe monte, monte, il approche, il grandit ;
Dans son orbe profond bientôt il resplendit ;

C'est un monde de plus... Mais un spectacle étrange,

Un ravissant tableau s'offre aux regards de l'ange :

Sur la planète même et riant sous les cieux,

Un jardin apparaît, frais et délicieux ;

Au milieu vit un être, une forme achevée,

Avec des cheveux blonds d'une longueur rêvée,

Un front penché, des yeux pleins de limpidité

Et faits d'un rayon double au ciel même emprunté ;

Elle marche en rêvant parmi les fleurs écloses,

Son beau sourire fait épanouir les roses,

Et le souffle qui naît sur ses pas doux et lents

Semble dire au gazon de baiser ses pieds blancs.

Le globe, c'est la Terre, et la forme, c'est Ève.

A ce moment, le chœur des planètes s'élève :

— Choisis, souffle divin, choisis, sainte clarté,

Disent-elles. — Le chant dans l'infini porté

Frappe l'oreille d'Ève attentive ; elle écoute,

Puis, en levant les yeux vers l'idéale voûte,

Elle voit, au milieu des flots d'azur et d'or,

L'ange qui dans l'espace est immobile encor ;

Alors, elle lui tend les deux bras : — Viens ! dit-elle,

Et devant cette forme aussi chaste que belle,

L'ange, oubliant soudain les voix du firmament,
Répond en ouvrant l'aile à cet appel charmant.

O pensée ineffable ! ô suave mystère !
C'est ainsi que l'amour est venu sur la terre.

LA DÉCOUVERTE

Paris est Paris, quoi qu'on dise;
C'est l'idée et c'est le rayon;
Son gigantesque pavillon
Couvre toujours sa marchandise.

Des œuvres d'art jusqu'aux jouets
Par lui tout monte dans la nue,
Et lorsque Paris éternue
La France dit : A vo· souhaits !

Or, un jeune homme de province,
D'un beau rêve de gloire épris,
L'an dernier s'en vint à Paris;
Son patrimoine était bien mince,

Mais il était joli garçon,
Bien fait, avec cela poète,
Et joyeux comme l'alouette
Qui dans l'air jette sa chanson.

Déjà dans la brume attiédie
La gloire à lui se laissait voir ;
Il fondait son meilleur espoir
Sur quatre actes de comédie.

Quatre actes en vers, s'il vous plaît,
Sous le titre : LA DÉCOUVERTE ;
C'était une critique verte
De l'exploiteur sordide et laid

Dont la cupidité se voile
Sous un masque de protecteur.
On avait remis à l'auteur
Une lettre pour une étoile

En grande réputation,
Et qui, malgré ses mœurs folâtres,
Devait ouvrir tous les théâtres
Sur sa recommandation.

Il se hâta d'aller chez elle.
On le sait, il était charmant,
Aussi pour lui, sur le moment,
L'étoile se prit d'un beau zèle.

Et dans un serrement de main
Accompagné d'un doux sourire,
Elle s'empressa de lui dire
De revenir le lendemain

Donner lecture de sa pièce,
Jugez s'il en fut enchanté !
Le ciel s'emplissait de clarté
Devant son cœur tout en liesse.

Il fut exact, on le comprend.
L'étoile, savamment drapée,
L'attendait, toute enveloppée
Dans un peignoir fort transparent.

Son beau sourire était prodigue
D'encouragement et d'espoir ;
Elle dit : — Vous devez savoir
Comment on conduit une intrigue. —

— Vous jugerez mes premiers pas,
Mais j'ai grand besoin de clémence...
Si vous voulez que je commence. —
— Commencez, dit-elle tout bas. —

Et voilà notre auteur en herbe
Qui prend un vol audacieux ;
Il s'élance à travers les cieux
Dans une envergure superbe.

Et quand dans un cri de vigueur
Se termine le premier acte,
Aussi fort qu'une cataracte
L'étoile sent bondir son cœur,

Si fort que l'opulent corsage
S'entr'ouvrant plus que de raison,
Montre soudain un horizon
A déconcerter le plus sage.

L'amour de l'art ! l'amour de l'art !
Qu'importe au véhément poète
La double et ferme silhouette
Ainsi mise sous son regard ?

Il ne l'a pas même aperçue.
Vite il passe à l'acte suivant,
C'est un deuxième coup de vent...
Mais l'étoile semble déçue.

Quoi! ne rien dire et ne rien voir !
Ne pas saisir l'allégorie !
C'est manquer de galanterie,
C'est faillir presque à son devoir.

Aussi, la lecture finie,
L'étoile dit ouvertement :
— Je ne vous fais pas compliment ;
Je vous croyais plus de génie.

L'occasion qu'on laisse fuir
Est rarement encore offerte ;
Remportez votre DÉCOUVERTE :
Vous ne savez rien découvrir. —

LA PROSE ET LA POÉSIE

DITES PAR Mlle J. THÉNARD, DE LA COMÉDIE-FRANÇAISE

La Prose un jour parlait avec la Poésie:
— On n'a plus de respect pour l'antique ambroisie:
Ce siècle positif et très intelligent
Se drape avec orgueil dans un manteau d'argent ;
Chacun veut s'enrichir, de toutes parts on tente
Le bien-être opulent, la fortune éclatante;
L'argent tient lieu de tout, et quand on n'en a pas
On ne sort point de l'ombre attachée à ses pas.
Être riche est le but auquel on se destine:
On considère plus Rothschild que Lamartine,

Et le poète, hélas ! serait-il le plus grand,

Auprès du financier demeure au second rang.

Oh ! ne proteste pas, ma sœur, tu peux me croire.

Il est donc superflu d'écrire pour la gloire :

On manque trop souvent le but ; d'ailleurs, tu sais

Que les succès d'argent sont les meilleurs succès.

Quant aux vers, conviens-en, ma sœur, rien ne milite

En leur faveur ; à part quelques esprits d'élite

De moins en moins nombreux, ils n'ont pas un lecteur.

Rends-toi, pour t'en convaincre, auprès d'un éditeur

Et porte lui des vers ; il va te dire en face :

— Des vers ! que voulez-vous, ma chère, que j'en fasse ?

Des vers ! y songez-vous ? reprenez-moi cela,

On ne fait point d'argent avec ces choses-là. —

Ne proteste donc pas : la réponse est connue.

Et puis, voici comment l'éditeur continue :

— Je n'hésiterais pas, si c'était un roman ;

Voilà le goût du jour, voilà le talisman

Qui fait se délier les cordons de la bourse ;

Le roman, c'est la gloire enlevée à la course,

C'est le profit certain, sans peur de découverts ;

Écrivez donc en prose et renoncez aux vers. —

Et je fais des romans que l'éditeur s'empresse
De servir au public avec grand bruit de presse ;
C'est toujours un chef-d'œuvre et rien n'est aussi beau
Dans les ombres du vice on porte le flambeau,
C'est une vigoureuse étude, une peinture
Magnifique d'ensemble et prise sur nature ;
Et le public le croit et paie argent comptant.
D'ailleurs, pour lui sourire et le rendre content,
Je sais ce qu'il lui faut et lui sera ce qu'il aime,
Le meurtre qui s'embusque et la vengeance blême,
L'adultère, le rapt, le poignard, le poison,
Emaillent chaque page et poussent à foison ;
L'action se déroule à travers l'épouvante.
Aussi, ma chère sœur, j'ai des succès de vente
Comme il ne s'en voit guère et comme il serait vain
D'en bercer l'idéal du poète divin. —

La Poésie alors : — Connais-tu la part faite
A ceux qui de la gloire osent rêver le faîte ?
Crois-tu que l'idéal devant eux déroulé
Puisse être un seul instant par nos brumes voilé ?

12.

Non, si grande que soit une douleur humaine,
On la sent moins devant l'étincelant domaine,
Et le poète, plein des souvenirs d'en bas,
Oublie en y touchant la vie et ses combats.
Eh bien ! sœur, ne crois pas que dans ces hautes sphères
On puisse discuter les questions d'affaires.
L'intérêt qui met tant de passions à nu
Dans cette région sereine est inconnu ;
L'art y veille toujours dans sa gloire éternelle,
Et lorsque par moments il entr'ouvre son aile,
Au fond de l'horizon, dans les bleus firmaments,
Il passe tout à coup des éblouissements.
C'est là que le poète écoute avec délire
Les voix dont il retrouve un écho sur sa lyre ;
C'est là qu'il prend au ciel l'ineffable secret.
Que sont devant cela les raisons d'intérêt ?
Quelle fortune vaut une telle merveille ?
Ecoute, chère sœur, si Molière et Corneille
Avaient plus regardé les financiers du temps,
Si, loin de nous donner leurs chefs-d'œuvre éclatants,
Ils avaient échangé, dans leur voie enrayée,
L'or de leur poésie en prose monnayée,

Corneille assurément n'aurait pas eu besoin
De porter ses souliers au savetier du coin,
Molière n'aurait pas souffert ce que l'envie
Et la haine jalouse ont jeté sur sa vie;
Mais où serait leur gloire ? où seraient les succès
Qui depuis deux cents ans font l'orgueil des Français?
La nuit les eût couverts... Ah ! chère sœur, qu'importe
L'angoisse ou la douleur que le génie apporte ?
La douleur se dissipe et l'œuvre reste ; ainsi
Laisse tomber sur moi tristesse, ennui, souci,
Mais laisse-moi planer dans l'idéale sphère
Où m'emporte mon rêve, où ceux que je préfère
Viennent prendre un baiser si doux qu'en le donnant
Je fais naître une étoile à leur front rayonnant.

TABLE

TABLE 215

———————

Imp. de Port-Gard, St-Denis (Côte-Martin, 10, ruelle d'Aulin, Paris

LIBRAIRIE PAUL OLLENDORFF

28 bis, RUE DE RICHELIEU, PARIS

POÉSIES

Lamartine, A.-B. 1 vol. in-10....................	1	»
Sans Façon, par G. BOISSON. 1 vol. in-18........	3	»
Ariella, par G. CABARET. 1 vol. in-16............	3	»
Chansons de Guerre, par Paul BRUYÈRE, 1 vol.........	3	»
Mon Vide-Poche, par Georges CLERC. 1 vol. in-16.......	2	50
Un poète du Foyer : Eugène Manuel, par COQUELIN aîné. 1 v. in-16.................	2	»
Myrtes et Roses, par Ad. CORNIER. 1 vol. in-18 jésus.....	3	50
Contes d'à présent, par Paul DELAIR, avec une lettre de Coquelin aîné, sur la poésie dite en public et l'art de la dire. Nouvelle édition revue et augmentée. 1 vol. in-18.	3	50
Les Dieux qu'on brise, par Albert DELPIT. 1 vol. in-18..	3	50
Érostrate, par L. DUPLESSIS. 1 vol. in-18............	3	»
La Comédie de l'Amour, par Émile FAVIN. 1 vol. in-18 jésus, sur papier de Hollande.................	3	»
sur papier de Chine...................	6	»
Le Roman de l'an passé, par Émile FAVIN. in-16.......	»	50
France ! recueil de poésies patriotiques, par DAVID, GUIBERT, HERVO, MIEUSSET, TAILLIANT. Un joli volume in-16.	1	»
Rimes, par FRAISSE. 1 vol. in-18..........	3	»
Larmes et Sourires, par J. FROISSART. 1 vol. in-18....	3	»
Idylles parisiennes, par Paul GINISTY. 1 vol. in-18......	2	»
Livingstone, par Émile GUIARD. Poésie couronnée par l'Académie française. in-18........	1	»
Gousses d'Ail et fleurs de Serpolet, par Paul HAREL. 1 v. in-18....................	3	»
Les Déclassées, par HERVIEUX. 1 vol. in-18............	2	»
Les Sentimentales, par Alphonse LABITTE. 1 vol. in-18 jésus....................	3	»
Les Épaves, par Léonce de LAMANDIE, poésies. Première série, 1 vol. in-18 jésus..........	2	»
Le Roi Midas. — André. — Poésies diverses, par Aristide LOMON, 1 vol. in-18.............	2	»
Rénovation, par Charles LOMON, 1 vol. in-18..........	2	»
Échos du Cœur, par Ch. MONGIN et Louis BOURGAULT. 1 v. in-18..................	3	»
Les Chants d'Avril, par Armand-Manuel OCAMPO. 1 vol. in-18....................	3	»
Brocards et Fanfreluches dorées, par E.-D. OUDEIS. 1 v. grand in-18. Tirage à petit nombre sur papier vergé de Hollande....................	5	»
La Chanson des Roses, par R. de la VILLEHERVÉ, avec une eau-forte par George SAUVAGE. 1 vol. grand in-18 sur papier teinté................	3	50
Par les Bois, par F.-E. ADAM. 1 vol. in-18..........	3	»
Autour de Moi, par Maxime LORIN. 1 vol. in-18.........	3	»
Premières et dernières poésies, par René de LABRY. 1 v. in-12....................	2	»
La Poésie de la Science. In-18..........	1	»
La Comédie Française à Alexandre Dumas, à-propos en vers, par Jean AICARD. In-18........	1	»
Lamartine, poème, par Jean AICARD. In-18..........	1	»
A Lamartine, poésie, par Marcel BALLOT. In-18........	1	»
Sac au dos, par Louis de CHAUVIGNY. 1 vol. gr. in-18 sur papier teinté.............	3	50
La Chanson du Vin, par Omer CHEVALIER, poésies. 1 vol. in-18....................	3	»

www.ingramcontent.com/pod-product-compliance
Lightning Source LLC
Chambersburg PA
CBHW061500030726
47503CB00005B/1759